ANGELI
TONIC
VOLUME
GUARANT
China De Angelis
PURE
COD LIVER
MEDICAL PROFESSION FOR CONSUMPTION, ASTHMA
GOUT, RHEUMATISM
ARSENI
POISO
ANTIDOTE—Mix Tincture
or Bi-Carb. Soda; dilute well
DR D. JAYNE'S
RE REMEDY
COCAIN
DES
ALLUMETTES
GASO

Hexenapotheke

Heilen Lindern Pflegen

Hexenapotheke

Heilen Lindern Pflegen

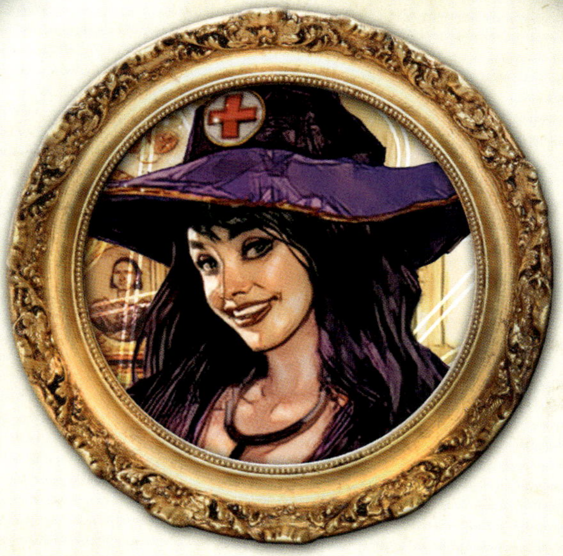

OTUS

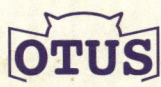

Inhalt	4
Vorwort	9
Kräuter A–Z	10

Kapitel 1:
Vorbeugung

Gesunde Ernährung	20
Bewegung	22
Stress vermeiden	24
Prioritäten setzen	25
Auszeiten nehmen	26

Kapitel 2:
Pflegen & Verwöhnen

Magische Peelings	31
Peeling Havva	31
Peeling Sinagra	31
Peeling Venus	31
Masken	32
Maske Andromache	32
Maske Tyche	33
Maske Demeter	33
Ewig jung durch Bäder	34
Pflegebad Kleopatra	35
Entspannungsbad Messalina	35
Beruhigungsbad Diana	35
Entspannende Fußbäder Gwendolyn	36
Cremes ohne Grenzen	37

Kapitel 3:
Atemwege und Infekte

Husten	40
Calidas Hustensirup	40
Calendulas Hustenelixier	41
Calixtas Express-Hustensirup	42
Halsschmerzen	43
Coelias Sirup-Tee	43
Celestias Gurgelzauber	44
Hermalinds Honiglöffel	45
Hals- oder Brustwickel Amalaswintha	45
Ohrenschmerzen	46
Urmias Ohrentrank	46
Ohren-Umschlag Bastienne	47
Ohrentropfen Regula	47
Schnupfen	48
Grimaldas Nasenspülung	48
Brumelias Inhalier-Geheimnis	48
Omas bestgehütete Hühnersuppe	49
Einreibebalsam Belsazar	50
Shulamits Tee zum Schleimlösen	51

Kapitel 4:
Herz, Kreislauf & Stoffwechsel

Bluthochdruck	54
Salzarme Ernährung	54
Flüssigkeiten	57
Knobi-Wellness-Tee	58
Malfaldas Gemüse-Drink	59
„Herzwein"	59
Blutzucker	60
Ernährung	60
Getränke	61
Rezepte	62
Saurer Bohnenslat Abraxas	62
Saurer Gurkensalat Balthasar	63
Gazpacho	64
Blechkuchen Rosalia	65
Bewegung	66
Cholesterin	67
Brotsalat Eliza	68
Krampfadern und schwere Beine	69
Kneipp-Kur zuhause	69
Quarkwickel	70
Wassereinlagerungen	71
Smeraldas Brennnessel-Gemüse	71
Eustacias Brennnessel-Shake	72
Nesselbutter Xanthia	72
Entwässernde Tees	73
Spargel- oder Kürbissuppe	
Walpurgis	74
Salat Fabiola	74
Gewichtsreduktion	75
Sauerkraut-Kartoffel-Pfanne Roxanne	76
Hähnchenpfanne Carmina	77

Kapitel 5: Magen und Darm

Rollkur ... 80

Verdauungstees ... 81
Oreganotee Sibylla ... 81
Lorbeertee Caesarea ... 82
Kräutertee Brunichildis ... 82
Kräutertee Heloise ... 83
Kräutertee Astarte ... 84

Verdauungshilfen ... 85
Bewegung ... 85
Kümmelsamen ... 86
Ingwer ... 86
Trockenpflaumen ... 87
Sauerkraut ... 87
Rohkostsalat Mataswintha ... 88

Süppchen und Gebräu ... 89
Grizeldas Magenwohlsuppe ... 89
Hecubas Spezialwein ... 90
Digestif Azucena ... 90
Gewürzschnaps Zahannom ... 91
Succubus' Fegefeuer ... 91

Durchfall ... 92
Banane ... 92
Möhren ... 92
Apfel-Möhre ... 92
Apfel ... 92
Ingwer-Knoblauch ... 93
Wärme ... 93
Heilerde ... 93
Tees ... 94

Gesundes Leben mit gesunder Verdauung ... 95

Kapitel 6: Haut und Wundheilung

Bäder — 98
Entspannungsbad Zenobia — 99
Belebendes Bad Berenice — 100

Öle — 101
101 Johanniskraut-Öl — 101
Kamillen-Rosmarin-Öl — 102

Salben — 103
Ringelblumensalbe — 103
Milch-Honig-Salbe Barbara — 104
Honig-Meerrettich-Salbe Thalys — 105

Gesichtspflege — 106
Peelings — 106
Peeling gegen fettige Haut — 107
Peeling bei trockener Haut — 107
Peeling für Mischhaut — 107
Masken — 108
Maske für grobporige Haut — 108
Maske für fettige Haut — 109
Maske für trockene
und gereizte Haut — 110
Maske für reife Haut — 111
Gesichtswasser Ortygia — 112

Hautkur-Tees — 113

Kapitel 7: Männer- und Frauenleiden

Haarausfall — 116
Medusa's Secret — 117
Hermiones Nachtzauber — 118
Haarkur Delilah — 119

Hämorrhoiden — 120
Ursache Verdauung — 120
Sitzbäder — 121
Sitzbad Titania — 121
Sitzbad Lilith — 122
Sitzbad Florinda — 123

Wechseljahre des Mannes — 124
Prostata — 126
Beckenboden-Muskelübung — 127
Sitzbad — 127
Ernährung — 127
Kürbiskernsuppe Jihangir — 128

Wechseljahre der Frau — 129
Tees — 130
Tipps — 131

Schwangerschaft, Geburt und Stillzeit — 132
Intimbereich — 132
Dammschnitt oder Riss — 133
Brustwarzen — 134
Schwangerschaftsstreifen — 135

Vorwort

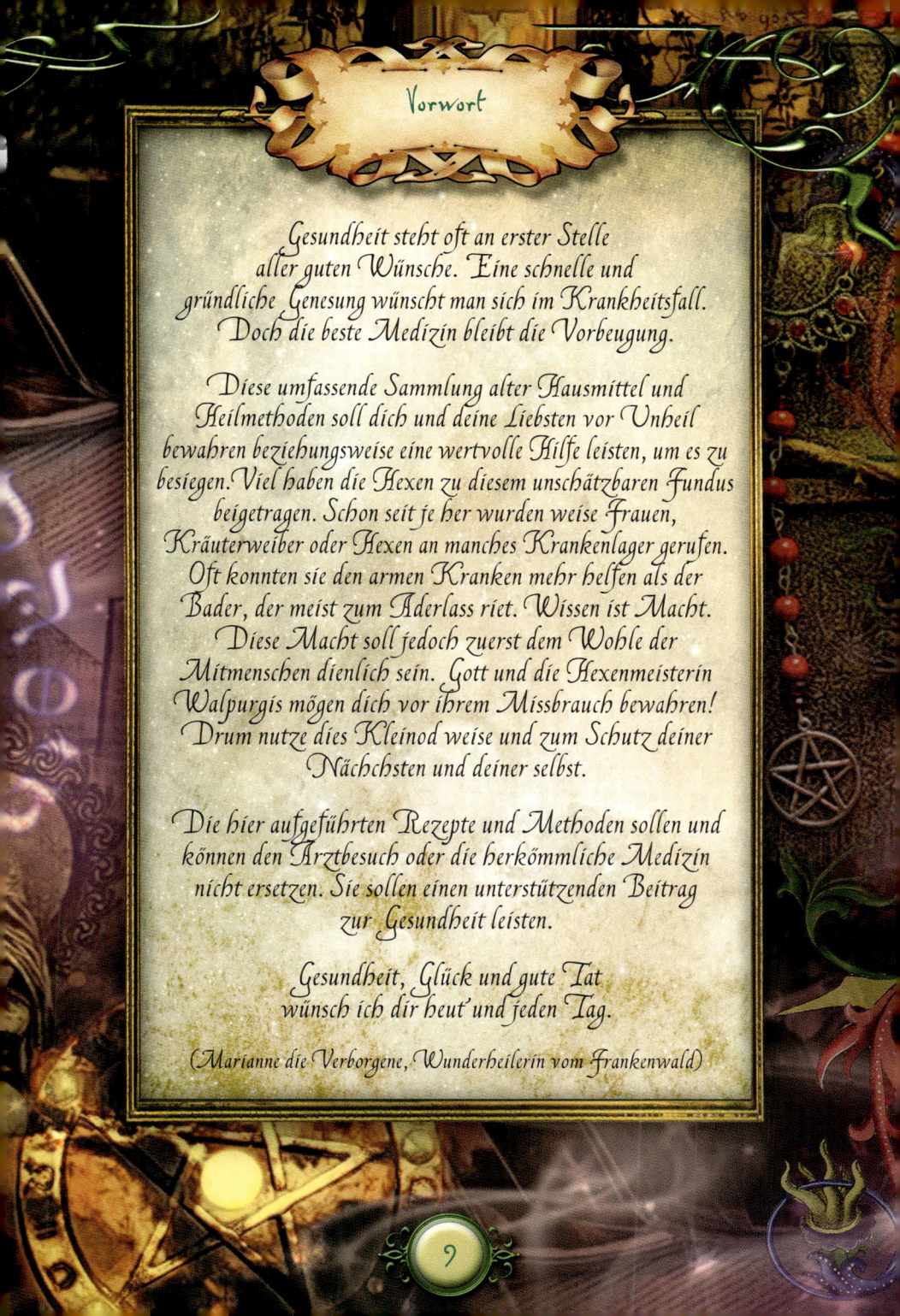

Gesundheit steht oft an erster Stelle
aller guten Wünsche. Eine schnelle und
gründliche Genesung wünscht man sich im Krankheitsfall.
Doch die beste Medizin bleibt die Vorbeugung.

Diese umfassende Sammlung alter Hausmittel und
Heilmethoden soll dich und deine Liebsten vor Unheil
bewahren beziehungsweise eine wertvolle Hilfe leisten, um es zu
besiegen. Viel haben die Hexen zu diesem unschätzbaren Fundus
beigetragen. Schon seit je her wurden weise Frauen,
Kräuterweiber oder Hexen an manches Krankenlager gerufen.
Oft konnten sie den armen Kranken mehr helfen als der
Bader, der meist zum Aderlass riet. Wissen ist Macht.
Diese Macht soll jedoch zuerst dem Wohle der
Mitmenschen dienlich sein. Gott und die Hexenmeisterin
Walpurgis mögen dich vor ihrem Missbrauch bewahren!
Drum nutze dies Kleinod weise und zum Schutz deiner
Nächsten und deiner selbst.

Die hier aufgeführten Rezepte und Methoden sollen und
können den Arztbesuch oder die herkömmliche Medizin
nicht ersetzen. Sie sollen einen unterstützenden Beitrag
zur Gesundheit leisten.

Gesundheit, Glück und gute Tat
wünsch ich dir heut' und jeden Tag.

(Marianne die Verborgene, Wunderheilerin vom Frankenwald)

Kräuter A-Z

Anis
Regt die Verdauung an und hilft bei Magen-Darm-Verstimmung und Blähungen. Bei lang anhaltendem Husten und Schnupfen wirkt er schleimlösend.

Baldrian
Wirkt abends eingenommen bei Schlafstörungen und Unruhe. Die beruhigende Wirkung umfasst auch Herz und Kreislaufbeschwerden. In Verbindung mit Zucker (Tee) entfaltet sich seine Wirkung deutlich besser.

Basilikum
Die ätherischen Öle fördern die Verdauung und Produktion der Magensäfte. Bei Blähungen und Völlegefühl lindert Basilikum die Symptome.

Birke
Hauptsächlich als Tee verwendet, ist Birke sehr entwässernd und unterstützt die Blutreinigung im Körper. Birke wirkt schmerzlindernd bei rheumatischen Beschwerden und Gicht. Bei Nieren- und Blasenleiden unterstützt sie durch die entwässernde Wirkung den Harndrang.

Brennessel
Regt den Stoffwechsel durch die blutreinigende und blutbildende Wirkung an und lindert Nieren- und Magenprobleme sowie Menstruationsbeschwerden.

Brombeere
Lindert Entzündungen im Mund- und Rachenraum und hilft bei der Wundheilung. Bei chronischem Durchfall lindert Brombeere die Symptome und wirkt blutreinigend.

Brunnenkresse
Wirkt blutreinigend und liefert Vitamin C.

Chili
Ist nicht nur ein sehr pikantes Gewürz, das, in Maßen genossen, die Magen-Darm-Regulierung unterstützt. Chili wird auch in Salben verwendet, da es Wärme erzeugt und rheumatischen Beschwerden und Muskelverspannung entgegenwirkt.

Eichenrinde
Wird als Tee bei akutem Durchfall, Magen-Darm-Blutungen sowie Hämorrhoiden eingesetzt. Als Badezusatz bewirkt sie Heilung und Linderung bei Hautausschlägen.

Erdbeere
Wirkt gegen Schleimhautentzündung und Magen-Darm-Erkrankungen wie Durchfall. Erdbeere liefert dazu einen hohen Anteil an Vitamin C.

Fenchel
Die krampf- und schleimlösende Wirkung lindert bei Halsinfektionen, Keuchhusten und Asthma die Schmerzen. Die Verwendung bei Blähungen, Völlegefühl und Magenschmerzen ist nicht nur Erwachsenen zu empfehlen, auch Säuglingen mit Dreimonatskoliken hilft Fenchel. Darüber hinaus ist er antibakteriell und leicht harntreibend, was die Nierenfunktion unterstützt.

Kräuter A-Z

Gänseblümchen

Wirkt entschlackend und blutreinigend auf den ganzen Organismus. Schmeckt auch im Salat.

Granatapfel

Vorbeugende Wirkung bei Bluthochdruck, LDL-Cholesterin und Arteriosklerose. Granatapfel unterstützt den Zuckerstoffwechsel und hilft daher bei Diabetes 1. Er unterstützt die Bauchspeicheldrüsenfunktion. Regelmäßig angewendet, hilft Granatapfel bei Knorpelabbau und Osteoporose. Er stärkt die körpereigenen Abwehrkräfte, die Leber und wird allgemein als lindernd bei Krebserkrankungen empfunden. Ihm wird ein guter „Antiaging"-Effekt zugeschrieben.

Hagebutte

Ist ein guter Lieferant von Vitamin C und wird daher gern vorbeugend gegen Grippe genommen. Bei Nieren- und Blasenproblemen wird die abführende, harntreibende Wirkung genützt, um Giftstoffe aus dem Körper zu lösen, was auch bei Rheuma und Gicht einen schmerzlindernden Effekt hat.

Honig

Ein richtiges Allheilmittel, da er vielseitig verwendbar ist, innerlich wie äußerlich. Die antiseptische, schleimlösende Wirkung ist auch gleichzeitig schmerzlindernd. Honig hilft bei grippalen Infekten und Entzündungen der Rachen- und Schleimhäute sowie bei starkem Husten. Pur auf die Haut aufgetragen wirkt Honig desinfizierend und unterstützt die Heilung kleinerer Wunden oder trockener Lippen.

Hopfen
Hat beruhigende Wirkung bis hin zur Einschlafhilfe.

Holunder
Wirkt schweiß- und harntreibend und wird für fieberhafte Erkältungskrankheiten eingesetzt. Bei Infektionskrankheiten wird seine blutreinigende, antiseptische Wirkung geschätzt, etwa bei Nieren- und Blasenerkrankungen, Darmentzündung sowie Gelenkrheumatismus und Ischias.

Ingwer
Ist nicht nur Geschmacksträger, sondern regt die Verdauung an. Seine antioxidativen und entzündungshemmenden Eigenschaften wirken auch blutreinigend. Ingwer unterstützt generell bei Magen-Darm-Problemen und regt Magen- und Gallensäfte sowie die Speichelbildung an. Bei Muskelschmerzen, Rheuma und Arthrose gilt Ingwer als schmerzlindernd.

Johanniskraut
Wird bei leichter depressiver Verstimmung, innerer Unruhe und Schlaflosigkeit angewendet. Johanniskraut hilft aber auch bei Entzündungen von Magen, Darm oder Nieren. Bei äußerlicher Anwendung beruhigt und unterstützt es die Heilung, etwa bei Hauterkrankungen, schuppiger, gereizter Haut oder Ausschlag.

Kapuzinerkresse
Ist ein natürliches Antibiotikum zur Unterstützung bei Infektionen (Viren, Bakterien, Pilze). Sie lindert leichte Schmerzen und fördert die Wundheilung, ist appetitanregend und blutreinigend.

Kräuter A-Z

Koriander
Dank ätherischer Öle wirkt er entzündungshemmend, regt die Magensäfte an und unterstützt die Verdauung.

Kurkuma
Ist ein beliebtes Gewürz bei Gallenleiden und Gallenstein.

Kümmel
Hat antibakterielle, krampflösende und entzündungshemmende Wirkung. Fördert die Verdauung und „Winde" und wirkt gegen Menstruations- und Milchbildungsprobleme. Bei Zahnproblemen wird der keimhemmende, schmerzlindernde Effekt gelobt.

Löwenzahn
Ist nicht nur sehr gesund als Salat, sondern auch appetitanregend und blutreinigend. Er hilft bei rheumatischen Erkrankungen und entschlackt den ganzen Körper.

Malve
Als Tee hilft sie bei Atemwegserkrankungen, Husten und Darmproblemen.

Melisse
Wirkt entkrampfend und beruhigend und wird auch als Einschlafhilfe genommen. Bei Reizmagen und Darmproblemen lindert sie Blähungen und hilft der Verdauung.

Muskat

Die ätherischen Öle der Muskatnuss desinfizieren und töten Bakterien ab und regen die Produktion der Gallenflüssigkeit an. Mehr als 4 g pro Tag davon verursachen Übelkeit, Schweißausbrüche und Kopfschmerzen.

Nelke

Ist krampflösend, schweißtreibend und antibakteriell. Nelke beruhigt die Nerven und fördert die Konzentration. Durch die ätherischen Öle wirkt sie schmerzlindernd.

Petersilie

Hat blutreinigende, entschlackende und entwässernde Wirkung und wird zur Unterstützung von Diäten und zur Vorbeugung bei Nieren- und Blasenproblemen eingesetzt.

Pfeffer

Nicht nur als Gewürz unschlagbar, auch bei der Vorbeugung vor Arterienverkalkung. Er regt Stoffwechsel und Kreislauf an.

Pfefferminze

Die krampf- und entzündungshemmende Wirkung hilft im Magen-Darm-Bereich, bei Übelkeit und Erbrechen, da Pfefferminze auch beruhigende Eigenschaften hat. Sie wirkt auch als Vorbeugung bei leichten Nervenschmerzen, nervlich bedingtem Stress und leichten Depressionen. Die desinfizierende Wirkung eignet sich auch zur Vorbeugung gegen Erkältung und Atemwegserkrankungen.

Ringelblume

Ist sehr harntreibend und entzündungshemmend und wird genommen zur Unterstützung bei Darmerkrankungen, um Schmerzen zu lindern.

Kräuter A-Z

Rosmarin

Ist als Tee kreislauf- und appetitanregend, hilft aber auch bei Blähungen und Völlegefühl. In Salbe oder Öl wirkt er durchblutungsfördernd und wird oft gegen Migräne, Gicht und Rheumaschmerzen angewendet. Rosmarin als Badezusatz ist desinfizierend und hilft bei schlecht heilenden Wunden, unreiner Haut und Ausschlag.

Schwarzer Rettich

Der durch Zucker entzogene Saft des Schwarzen Rettichs wird hauptsächlich wegen der entgiftenden und abführenden Wirkung genützt. Das geschwächte Immunsystem wird gestärkt. Die desinfizierende Wirkung nimmt auch leichtere Schmerzen.

Süßholz

Hat eine stark schleimlösende und harntreibende Funktion. Die Schmerzen bei Zwölffingerdarm- und Magengeschwüren werden durch die entkrampfende Wirkung gemindert.

Wacholder

Die schmerzlindernde Wirkung hilft bei Gicht und Rheumaleiden. Wacholder regt den Stoffwechsel an, um Verdauungsprobleme und Wassereinlagerungen zu lösen. Wird auch gerne in Salben und Ölen gegen Beschwerden bei Rheuma, Hexenschuss oder Ischias verwendet.

Zimt

Ceylon-Zimt unterstützt die Senkung des Blutzuckerspiegels (nicht dauerhaft), der Blutfettwerte sowie des Cholesterins. Die ätherischen Öle des Zimtextrakts wirken antimikrobiell und beruhigend auf den Körper.

Zwiebel

Wirkt antibakteriell und wird auch gegen Bluthochdruck, Blutzucker und Blutfett angewendet. Die antioxidativen Elemente der Zwiebel wirken bei Asthma, Reizhusten und Rachenraum-Entzündung antiseptisch und entzündungshemmend. Der Saft der Zwiebel wird bei Insektenstichen, kleineren Wunden und Ausschlägen pur auf die Haut aufgetragen, um Infektionen vorzubeugen.

Hinweis

Alle genannten Pflanzen und Kräuter unterstützen unsere Gesundheit auf natürliche Art. Doch auch hier gilt: Zu viel kann schaden. Deshalb im Zweifelsfall lieber den Arzt auch über die natürlichen Kräuter und Mittel informieren, die man einnimmt, um eventuelle Wechselwirkungen mit anderen Mitteln zu vermeiden.

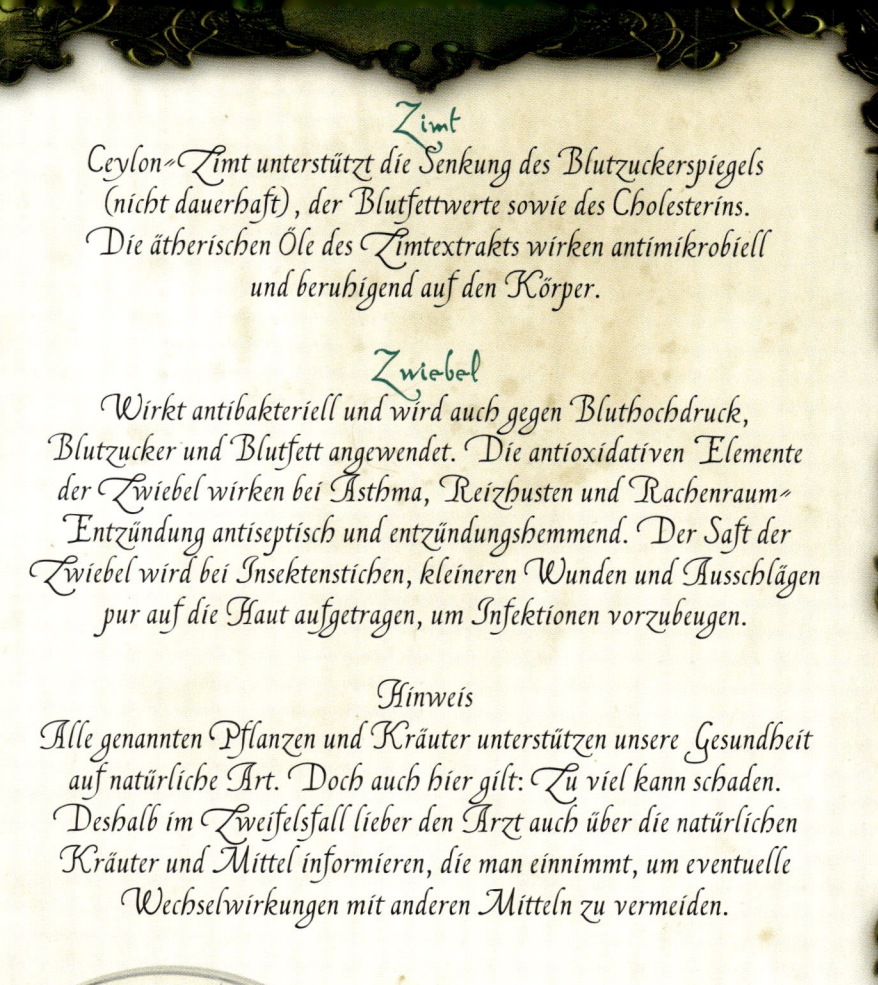

Vorbeugung

Es rennt die Hex' im Dauerlauf
am Morgen gegen sieben.
Drum ist sie meistens auch wohlauf
und ist's bisher geblieben.

Zum Früstück gibt es zu dem Brot
auch reichlich Vitamine.
Denn dies hält ihre Wangen rot,
sie ist mit sich zufrieden.

Wenn Krankheit sie dennoch befällt
und sie darnieder liegt,
sie selten einen Arzt bestellt,
kann's meistens selbst besiegen.

(Gerlinde die Hurtige,
Wissende der Moosgilde)

Vorbeugung

Auch in der Hexenapotheke gilt: Vorbeugung ist die beste Medizin. Gesunde Menschen und andere, die bereits mit einem „Zipperlein" leben, können sehr viel vorbeugend für ihre Gesundheit tun, vor allem, um den immer häufigeren „Zivilisationskrankheiten" den Zutritt zu unserem Körper zu erschweren. Dabei müssen durchaus keine Heldentaten vollbracht werden. Der Weg zu einem gesünderen Leben ist oft viel einfacher, als wir befürchten. Und manchmal entdecken wir dabei, dass wir dabei ganz nebenbei auch wieder mehr Spaß und Abwechslung in unserem Alltag erleben.

Gesunde Ernährung

Dazu gehört natürlich zuallererst die berühmte gesunde Ernährung, von der wir täglich in den Medien hören und sehen. Dies ist gar nicht so schwer und schon gar kein Grund, sich durch ein schlechtes Gewissen noch mehr Hindernisse und Schwierigkeiten aufzubauen. Essensroutinen, die durch Familie und Beruf bestimmt werden, müssen durchbrochen werden, was nicht leicht, aber auch nicht unmöglich ist. Wir können versuchen, beim Einkauf mit der Familie, nicht immer zu den gewohnten Produkten zu greifen, sondern auch mal auf die Tagesangebote bei Obst, Gemüse und Fleischwaren zu achten und somit neue Gerichte auf den Tisch zu bringen. Manchmal entdecken wir dadurch neue Vorlieben für Lebensmittel, an die wir so noch nie gedacht haben. Oder wir kaufen ab und zu auf dem Wochenmarkt, im Biomarkt oder beim Winzer oder Bauern in der Nähe ein.

Ernährung muss in erster Linie vielseitig sein und uns auch schmecken. Tut sie das nicht, fallen wir schnell wieder in unsere alte Essensroutine zurück. Jeder hat seine Vorlieben: Der Eine mag zwar Obst, aber kein Gemüse, der Andere Salat, aber kein Obst.
Eine Vorliebe für Obst, Gemüse oder Salat lässt sich meist einfach erweitern auf seltener genossene Sorten oder indem einfach mehr davon verzehrt wird. Wenn Sie dann noch darauf achten, weniger fetthaltiges Fleisch, Wurst und Käse und eher die fettreduzierten Sorten auszuwählen, ist das ein großer Schritt in die richtige Richtung.

Auch bei Süßigkeiten und Gebäck können Sie zu den fett- und zuckerärmeren Produkten greifen, die immer zahlreicher die Regale in den Supermärkten füllen. Auch hier geht es darum, mit der typischen Kaufroutine zu brechen und einfach mal etwas Neues zu probieren. Allein der Verzicht auf Zucker und fetthaltige Lebensmittel bringt noch keine Umstellung auf gesunde Ernährung. Im Gegenteil. Es passiert dasselbe wie bei einer einseitigen Diät: Wir halten es tapfer ein bis zwei Tage durch und bekommen dann Heißhunger genau auf die falschen Lebensmittel.
Ernährungsumstellung bedeutet wirklich, die gesamte Ernährung langfristig umzustellen. Wir setzen Zucker und Fettprodukte nach unten auf die Liste und ersetzen Weißmehl- durch Vollkornprodukte. Die Lebensmittel, die wir mögen, erweitern wir um neue Sorten. Eventuell ergeben sich dadurch ein paar neue, gesündere Essgewohnheiten. Seien Sie auch dabei nicht zu streng mit sich selbst. Bei einem Stückchen Schokolade führen wir uns auch Zucker zu, der uns seelisch gut tut. Das versüßt uns, in Maßen genossen, manchmal auch die Ernährungsumstellung. Denn wäre sie einfach, würden wir sie schon lange praktizieren!

Vorbeugung

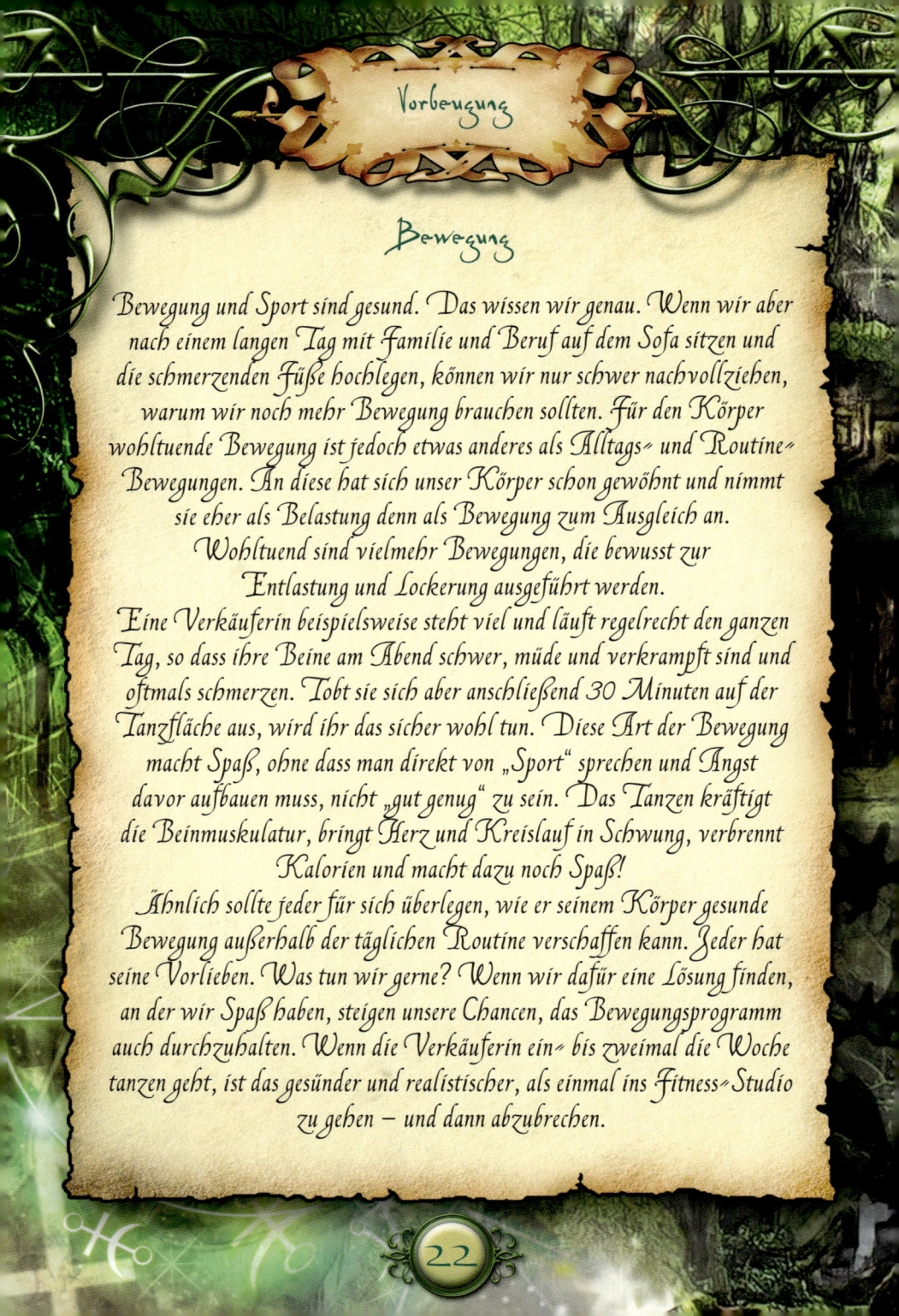

Bewegung

Bewegung und Sport sind gesund. Das wissen wir genau. Wenn wir aber nach einem langen Tag mit Familie und Beruf auf dem Sofa sitzen und die schmerzenden Füße hochlegen, können wir nur schwer nachvollziehen, warum wir noch mehr Bewegung brauchen sollten. Für den Körper wohltuende Bewegung ist jedoch etwas anderes als Alltags- und Routine-Bewegungen. An diese hat sich unser Körper schon gewöhnt und nimmt sie eher als Belastung denn als Bewegung zum Ausgleich an. Wohltuend sind vielmehr Bewegungen, die bewusst zur Entlastung und Lockerung ausgeführt werden.

Eine Verkäuferin beispielsweise steht viel und läuft regelrecht den ganzen Tag, so dass ihre Beine am Abend schwer, müde und verkrampft sind und oftmals schmerzen. Tobt sie sich aber anschließend 30 Minuten auf der Tanzfläche aus, wird ihr das sicher wohl tun. Diese Art der Bewegung macht Spaß, ohne dass man direkt von „Sport" sprechen und Angst davor aufbauen muss, nicht „gut genug" zu sein. Das Tanzen kräftigt die Beinmuskulatur, bringt Herz und Kreislauf in Schwung, verbrennt Kalorien und macht dazu noch Spaß!

Ähnlich sollte jeder für sich überlegen, wie er seinem Körper gesunde Bewegung außerhalb der täglichen Routine verschaffen kann. Jeder hat seine Vorlieben. Was tun wir gerne? Wenn wir dafür eine Lösung finden, an der wir Spaß haben, steigen unsere Chancen, das Bewegungsprogramm auch durchzuhalten. Wenn die Verkäuferin ein- bis zweimal die Woche tanzen geht, ist das gesünder und realistischer, als einmal ins Fitness-Studio zu gehen – und dann abzubrechen.

Fragen Sie sich deshalb selbst:

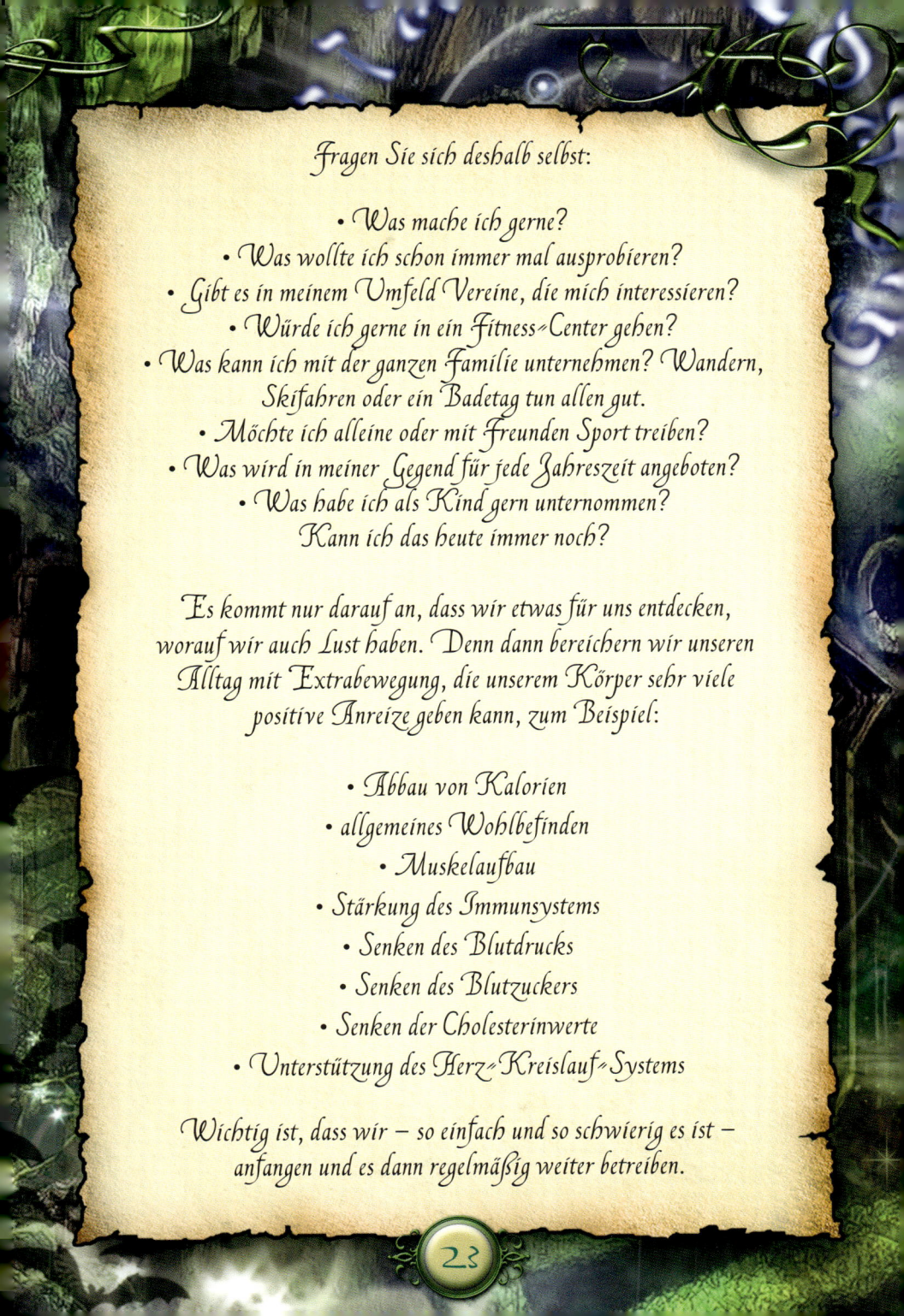

- Was mache ich gerne?
- Was wollte ich schon immer mal ausprobieren?
- Gibt es in meinem Umfeld Vereine, die mich interessieren?
- Würde ich gerne in ein Fitness-Center gehen?
- Was kann ich mit der ganzen Familie unternehmen? Wandern, Skifahren oder ein Badetag tun allen gut.
- Möchte ich alleine oder mit Freunden Sport treiben?
- Was wird in meiner Gegend für jede Jahreszeit angeboten?
- Was habe ich als Kind gern unternommen? Kann ich das heute immer noch?

Es kommt nur darauf an, dass wir etwas für uns entdecken, worauf wir auch Lust haben. Denn dann bereichern wir unseren Alltag mit Extrabewegung, die unserem Körper sehr viele positive Anreize geben kann, zum Beispiel:

- Abbau von Kalorien
- allgemeines Wohlbefinden
- Muskelaufbau
- Stärkung des Immunsystems
- Senken des Blutdrucks
- Senken des Blutzuckers
- Senken der Cholesterinwerte
- Unterstützung des Herz-Kreislauf-Systems

Wichtig ist, dass wir – so einfach und so schwierig es ist – anfangen und es dann regelmäßig weiter betreiben.

Vorbeugung

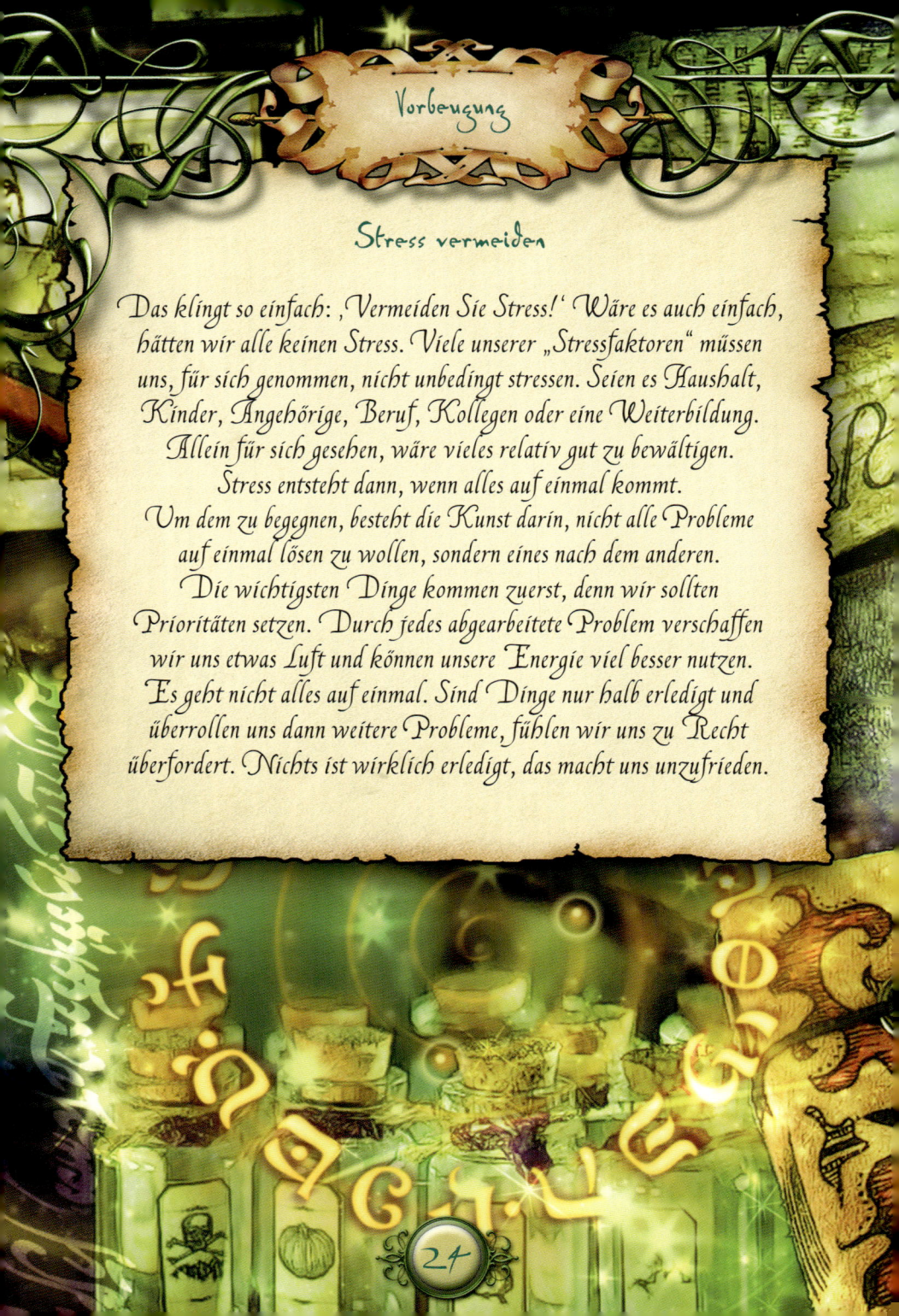

Stress vermeiden

Das klingt so einfach: ‚Vermeiden Sie Stress!' Wäre es auch einfach, hätten wir alle keinen Stress. Viele unserer „Stressfaktoren" müssen uns, für sich genommen, nicht unbedingt stressen. Seien es Haushalt, Kinder, Angehörige, Beruf, Kollegen oder eine Weiterbildung. Allein für sich gesehen, wäre vieles relativ gut zu bewältigen. Stress entsteht dann, wenn alles auf einmal kommt.
Um dem zu begegnen, besteht die Kunst darin, nicht alle Probleme auf einmal lösen zu wollen, sondern eines nach dem anderen. Die wichtigsten Dinge kommen zuerst, denn wir sollten Prioritäten setzen. Durch jedes abgearbeitete Problem verschaffen wir uns etwas Luft und können unsere Energie viel besser nutzen. Es geht nicht alles auf einmal. Sind Dinge nur halb erledigt und überrollen uns dann weitere Probleme, fühlen wir uns zu Recht überfordert. Nichts ist wirklich erledigt, das macht uns unzufrieden.

Prioritäten setzen

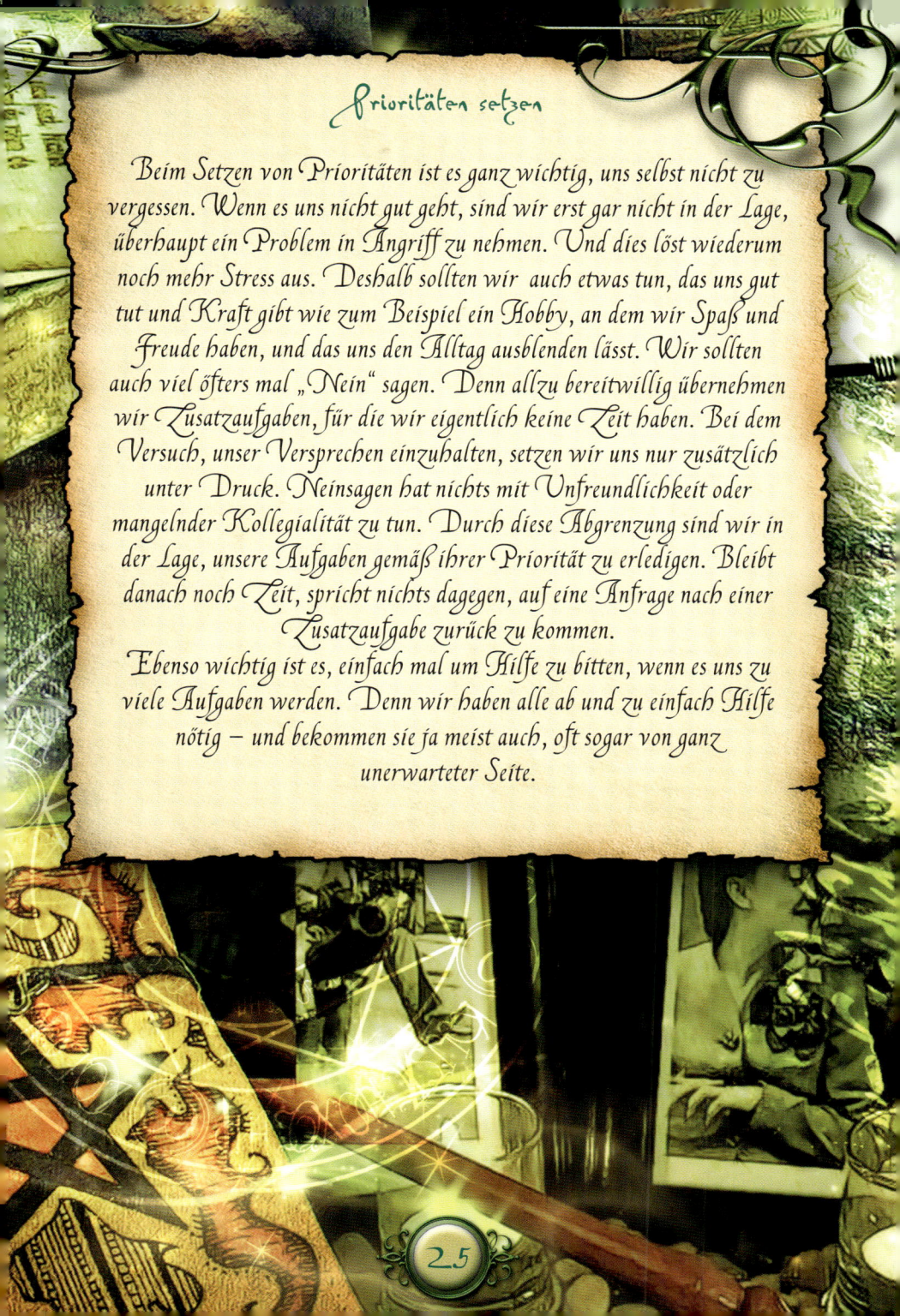

Beim Setzen von Prioritäten ist es ganz wichtig, uns selbst nicht zu vergessen. Wenn es uns nicht gut geht, sind wir erst gar nicht in der Lage, überhaupt ein Problem in Angriff zu nehmen. Und dies löst wiederum noch mehr Stress aus. Deshalb sollten wir auch etwas tun, das uns gut tut und Kraft gibt wie zum Beispiel ein Hobby, an dem wir Spaß und Freude haben, und das uns den Alltag ausblenden lässt. Wir sollten auch viel öfters mal „Nein" sagen. Denn allzu bereitwillig übernehmen wir Zusatzaufgaben, für die wir eigentlich keine Zeit haben. Bei dem Versuch, unser Versprechen einzuhalten, setzen wir uns nur zusätzlich unter Druck. Neinsagen hat nichts mit Unfreundlichkeit oder mangelnder Kollegialität zu tun. Durch diese Abgrenzung sind wir in der Lage, unsere Aufgaben gemäß ihrer Priorität zu erledigen. Bleibt danach noch Zeit, spricht nichts dagegen, auf eine Anfrage nach einer Zusatzaufgabe zurück zu kommen.

Ebenso wichtig ist es, einfach mal um Hilfe zu bitten, wenn es uns zu viele Aufgaben werden. Denn wir haben alle ab und zu einfach Hilfe nötig – und bekommen sie ja meist auch, oft sogar von ganz unerwarteter Seite.

Vorbeugung

Auszeiten nehmen

Eine Auszeit lässt Körper, Geist und Seele neue Kraft schöpfen. Sie erhält unsere Energie, um im Alltag zu „funktionieren". Nicht immer muss eine Auszeit Urlaub bedeuten: Auch ein Wochenendausflug, spazieren, schwimmen oder Schlittschuh laufen gehen oder ein Tag auf dem Sofa sind Auszeiten.

Auf vielen Produkten steht „Wellness". Aber wir selbst entscheiden allein, was für uns Wellness ist: ein Entspannungsbad und viel Ruhe danach, ein Tag im Spa, sportliches Auspowern mit anschließendem Saunagang oder ein Tag im Jogginganzug mit einem guten Buch auf dem Sofa: Wobei können Sie sich entspannen und ausruhen? Wo fühlen Sie sich wohl?

Auch die „kleine Auszeit", die wir uns immer vornehmen und dann doch mit Aufgaben füllen, sollten wir ernst nehmen. Wir sollten uns selbst ernst nehmen, denn nur wir können etwas an unserem Stress ändern.

Die „Stunde", die wir uns gönnen, kann ein Anfang sein – für einen Tag oder ein ganzes Wochenende. Solche Auszeiten benötigen wir regelmäßig. Es geht um das Gefühl, etwas „nur" für uns getan zu haben, das uns gut tut und Lust auf mehr macht. Dieses Gefühl stärkt nicht nur das Selbstbewusstsein, sondern auch das körperliche Immunsystem, Herz, Kreislauf und unser allgemeines Wohlbefinden.

Von der Anwendung bis zum Wochenende im Wellness-Hotel: Ihr Wellness-Programm ist dann richtig, wenn Sie sich dadurch frisch, jung und erholt fühlen.

Pflegen & Verwöhnen

Hab Freude dran, dir wohl zu tun,
dich richtig zu verwöhnen,
oder auch mal auszuruh'n,
mit Entspannung zu belohnen.

Sei gut zu dir, sei dir nicht fremd,
vergiss nicht, ab und an zu lachen.
Freu dich, wenn du dich beschenkst,
kannst dir dein Glück selbst machen.

Ich wünsch' dir, dass du dich erholst,
die Gedanken in dir friedlich ruh'n.
Denn nur wenn du dich wohlig fühlst,
kannst du auch ander'n Gutes tun.

(Wahlspruch der Hexen von Prag)

Pflegen & Verwöhnen

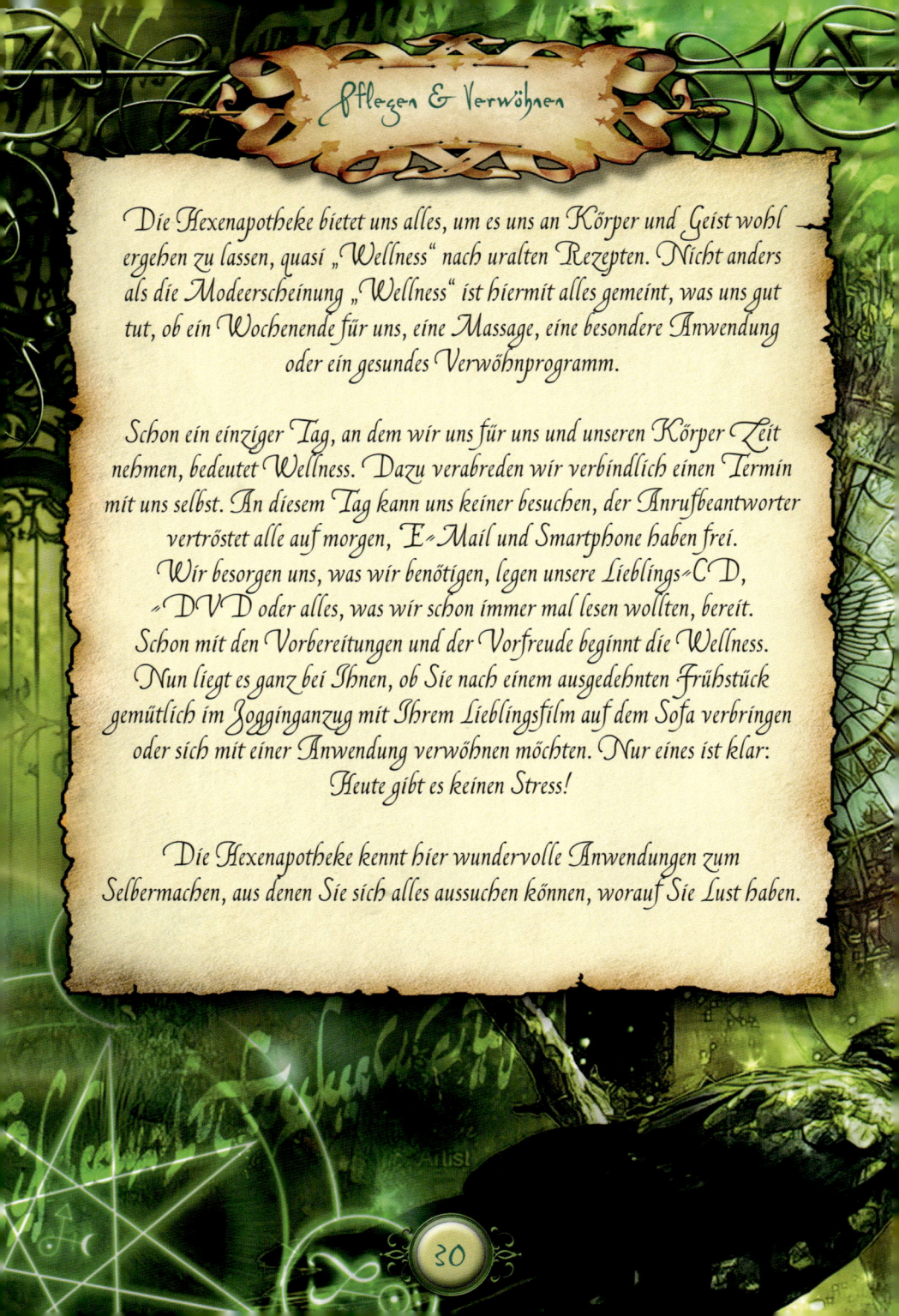

Die Hexenapotheke bietet uns alles, um es uns an Körper und Geist wohl ergehen zu lassen, quasi „Wellness" nach uralten Rezepten. Nicht anders als die Modeerscheinung „Wellness" ist hiermit alles gemeint, was uns gut tut, ob ein Wochenende für uns, eine Massage, eine besondere Anwendung oder ein gesundes Verwöhnprogramm.

Schon ein einziger Tag, an dem wir uns für uns und unseren Körper Zeit nehmen, bedeutet Wellness. Dazu verabreden wir verbindlich einen Termin mit uns selbst. An diesem Tag kann uns keiner besuchen, der Anrufbeantworter vertröstet alle auf morgen, E-Mail und Smartphone haben frei. Wir besorgen uns, was wir benötigen, legen unsere Lieblings-CD, -DVD oder alles, was wir schon immer mal lesen wollten, bereit. Schon mit den Vorbereitungen und der Vorfreude beginnt die Wellness. Nun liegt es ganz bei Ihnen, ob Sie nach einem ausgedehnten Frühstück gemütlich im Jogginganzug mit Ihrem Lieblingsfilm auf dem Sofa verbringen oder sich mit einer Anwendung verwöhnen möchten. Nur eines ist klar: Heute gibt es keinen Stress!

Die Hexenapotheke kennt hier wundervolle Anwendungen zum Selbermachen, aus denen Sie sich alles aussuchen können, worauf Sie Lust haben.

Magische Peelings

Peelings lassen sich nicht nur fürs Gesicht, sondern auch für den kompletten Körper durchführen. Speziell in den Wintermonaten benötigt er auch Extrapflege. Die folgenden Gesichts-Peelings können mit der dreifachen Zutatenmenge für den ganzen Körper verwendet werden. Gesichts-Peelings in kreisrunden Bewegungen (nicht reiben!) einarbeiten, aber Augen- und Mundpartie dabei frei lassen. Alles mit lauwarmem Wasser abwaschen. Im Anschluss bietet sich eine Gesichtsmaske an, um der empfindlichen Gesichtshaut eine Entspannungsphase zu gönnen.

Nach einem Ganzkörper-Peeling alles mit lauwarmem Wasser abwaschen und sich anschließend gut mit einer Körperlotion oder einem Körperöl eincremen, um die Feuchtigkeit zu speichern.

Peeling Havva
1 EL Olivenöl
2 EL Meersalz

Peeling Sinagra
1 EL Kaffeepulver
2 EL Quark

Peeling Venus
2 EL Haferflocken
3 EL Sauerrahm

Die Zutaten jeweils verrühren, mischen und auftragen.

Pflegen & Verwöhnen

Masken

Die folgenden Masken werden alle frisch angerührt und großzügig aufs Gesicht aufgetragen, wobei Augen und Mundpartie freigelassen werden. Lassen Sie die Maske 20 Minuten einwirken und waschen Sie sie mit lauwarmem Wasser ab.

Maske Andromache

1 Handvoll Weintrauben
2–3 EL Haferflocken

Zerdrücken Sie die Weintrauben mit einer Gabel und mischen die Haferflocken dazu. Das Ganze 5–10 Minuten stehen lassen, damit sich die Zutaten vermengen. Sollte es zu flüssig sein, einen Esslöffel Mehl dazugeben.

Maske Tyche

1 Banane
1 EL Quark
½ EL Olivenöl

Die Banane schälen und mit einer Gabel zerdrücken, Quark und Öl dazugeben und zu einer geschmeidigen Masse rühren. Nach 5-10 Minuten sollte diese leicht zäh sein. Ist sie noch zu flüssig, Mehl hinzufügen.

Maske Demeter

1 Eigelb
1 EL Olivenöl
2 EL Quark

Alles in einer kleinen Schüssel gut zu einer cremigen Konsistenz vermischen. Ist sie zu flüssig, mit Mehl oder Haferflocken anreichern.

Pflegen & Verwöhnen

Ewig jung durch Bäder

Für ein heißes Vollbad bieten sich, je nach gewünschtem Effekt (Entspannung, Beruhigung, Pflege), bestimmte Zutaten an. Die Badezusätze werden frisch angerührt und kurz, bevor Sie in die Badewanne steigen, hinzugefügt. Die Dauer eines heißen Vollbades sollte 15-20 Minuten betragen. Wie nach jedem Bad sollten Sie das Eincremen nicht vergessen, denn die Haut ist nun besonders aufnahmefähig für Pflegeprodukte wie Körperlotion oder Körperöl. Als Körperöl bietet sich normales Babyöl an, da es besonders mild ist. Nach dem Bad am besten einen Jogginganzug anziehen und aufs Sofa legen, um die entspannende Wirkung zu verlängern.

Pflegebad Kleopatra

½ l Vollmilch
¼ l Buttermilch
200 ml süße Sahne
3 EL Honig
nach Wunsch 2–3 Tropfen Lavendel- oder Mandelöl

Entspannungsbad Messalina

5 Tropfen Eukalyptusöl oder
1 Messerspitze Tiger Balsam oder Wick Waporup
3 Tropfen Mentholöl
2 EL Olivenöl

Beruhigungsbad Diana

1 EL Honig
2 EL Olivenöl
200 ml süße Sahne
10 Tropfen Rosmarinöl oder 3 TL Rosmarintee

Pflegen & Verwöhnen

Entspannende Fußbäder Gwendolyn

Die beschriebenen Badezusätze lassen sich – mit einem Viertel der Zutaten – als Fußbäder verwenden. Auch sehr stark zubereiteter Tee kann zum entspannenden Fußbad werden. Hierfür eignen sich folgende Kräuter:

- Grüner Tee
- Ingwer
- Kamillentee
- Pfefferminze
- Rosmarin

Für ein Fußbad bereiten Sie den Tee dreimal so stark zu wie zum Trinken und reichern ihn mit einer der folgenden Zutaten an, je nachdem, was Sie gerne riechen und welche Wirkung Sie verstärken wollen:

- zum Wärmen: 1 TL Chilipulver
- für die Durchblutung: 3 EL Meersalz oder 5 Tropfen Rosmarinöl
- zur Beruhigung: 1 Zwiebel, 20 Minuten in ½ Liter Wasser gekocht
- zur Pflege: 2 EL Olivenöl oder ½ l Buttermilch
- zur Pflege und Beruhigung: 3 EL Honig

Cremes ohne Grenzen

Für eine Cremeanwendung sollte die selbst angerührte Zaubercreme am Abend vorher angesetzt werden. Die heimliche Zubereitung einer Creme für ewige Schönheit in der Hexenapotheke gehört also auch schon zum „Wellness-Tag". Haben Sie keine Scheu, hierfür das alte Rezept der babylonischen Königinnen für ewige Jugend, die Milch-Honig-Salbe Barbara (Kapitel 6) anzuwenden.

Eine wahre Hexe probiert jedoch auch selbst viele weitere Abwandlungen aus, je nachdem, wonach es ihre Nase oder ihre bedürftige Haut gelüstet. Vergessen Sie nicht: Es liegt ganz allein an Ihnen, was Sie in Ihrer Auszeit brauchen, um sich rundum gut zu fühlen. Übrigens lassen sich Wellnesstage auch prima gemeinsam mit einer Hexenkollegin zelebrieren.

Atemwege und Infekte

Es schnauft und keucht, es ächtzt und krächtzt,
auch die Nase läuft und trieft.
Der Husten hat den Hals verätzt,
und du weisst nicht wie es dir geschieht.

Seit vielen Nächten nun schon auch
hast du nicht mehr geschlafen,
fühlst dich leer und aufgebraucht,
du willst das nicht mehr haben.

Da kommt Hilfe an dein Kissen,
lindert erst das Fieberbeben.
Es ist die Hex' mit ihrem Wissen,
um dich wieder zu beleben.

(Klaidare, die Wunderbare bisweilen Merkwürdige)

MISS BALDWIN

Atemwege und Infekte

Hexen halten sich, wenn möglich, unabhängig von Antibiotika. Bei Husten, Schnupfen und sogar Ohrenschmerzen handelt es sich oft um Infekte, denen mit gar nicht so schwierig herstellbaren Elixieren aus der Hexenapotheke gleich zu Beginn entgegen gewirkt werden kann.

Husten

Calidas Hustensirup

(1 Glas à ¼ Liter)
1 rohe, große Zwiebel
¼ l Honig

Die Zwiebel schälen, in kleine Würfel schneiden und in ein Schraubglas geben. Den Honig langsam darüber gießen, bis alles bedeckt ist. Gut umrühren und verschließen. Die ätherischen Öle und der Zwiebelsaft lösen sich und werden vom Honig eingebunden, wodurch der Honig flüssiger wird. Das Ganze dauert 5-6 Stunden. In der Zwischenzeit immer wieder kräftig schütteln. Dann den Sirup durch ein feines Sieb filtern. Je nach Bedarf alle paar Stunden einen großen Esslöffel Sirup zu sich nehmen. Im Kühlschrank ist er 2 Wochen haltbar.

Calendulas Hustenelixier

(1 Glas à ½ Liter)
1 Schwarzer Rettich
1 Packung brauner Kandis

Den Rettich waschen und oben am Krautansatz gerade abschneiden. Mit einem Teelöffel oder spitzen Messer bis auf 1 cm Rand aushöhlen. Unten am Boden mit dem spitzen Messer ein kleines Loch stechen. Damit der Rettich einen guten Stand hat, wird er in ein ausreichend großes Wasserglass gestellt. Den Rettich mit Kandis füllen. Mit der Zeit löst sich der Zucker im Rettichsaft auf und tropft durch das Loch im Boden in das Wasserglas. Der Rettich kann so oft mit neuem Kandis befüllt werden, bis er keinen Saft mehr abgibt. Den aufgefangenen Sirup in ein Schraubglas geben und nach Bedarf mehrmals täglich einen Esslöffel davon zu sich nehmen. Im Kühlschrank ist er 1-2 Wochen haltbar.

Atemwege und Infekte

Calixtas Express-Hustensirup

(½ Liter)
1 große Zwiebel
½ kg Zucker

Die Zwiebel schälen und in Ringe schneiden, danach in Reihen in eine hitzebeständige Form legen, bis der Boden gut bedeckt ist. Überschüssige Ringe doppelt legen. Den Zucker mindestens 2 cm dick darüber geben. Die Form bei 50°C Ober- und Unterhitze 4 Stunden im Ofen backen. Den entstandenen Sirup filtern und in ein Schraubglas umfüllen. Bei Bedarf alle 1-2 Stunden 1 Esslöffel davon nehmen. Im Kühlschrank ist Calixtas Express-Sirup 1-2 Wochen haltbar.

Halsschmerzen

Coelias Sirup-Tee

(1 Tasse)
1 große Zitrone
2 cm Ingwer
¼ l Honig

Die Zitrone schälen und in kleine Würfel schneiden. Den Ingwer reiben. Alles in ein Schraubglas geben und mit dem Honig bedecken. 5-6 Stunden kühl stellen, bis ein dicker Sirup entstanden ist. Zum Gebrauch 1 Esslöffel von dem Sirup entnehmen, in eine Tasse geben und mit heißem Wasser übergießen. Wer keine Zitronen oder Ingwerstückchen im Tee möchte, kann sie heraus sieben; sie lassen sich jedoch auch einfach mittrinken. Bei Bedarf alle 1-2 Stunden eine Tasse in kleinen Schlucken zu sich nehmen. Der Sirup ist 1-2 Wochen im Kühlschrank haltbar.

Atemwege und Infekte

Celestias Gurgelzauber

(1 Glas)

Nehmen Sie ein Glas lauwarmes Wasser und rühren Sie so viel Salz hinein, bis es sich nicht mehr richtig im Wasser löst. Mit einem Mundvoll von der Salzlösung so lange gurgeln, wie Sie es als angenehm empfinden. Dann ausspucken und wiederholen. Zwei bis dreimal täglich gegurgelt, lassen die Halsschmerzen bald nach, Schleim beginnt sich zu lösen.

Hermalinds Honiglöffel

Bei akuten Halsschmerzen lindert Honig die Symptome des Brennens und Kratzens im Hals sowie Schluckbeschwerden. Dagegen wird 1 Esslöffel Honig im Mund behalten und in kleinen Schluckbewegungen nach und nach zergehen gelassen – nicht auf einmal schlucken!

Hals- oder Brustwickel Amalaswintha

(1 Halswickel)
1 große Schüssel
5 EL Salz (Meersalz)
1 sauberes Küchentuch
1 warmer Schal

Die Schüssel mit Salz und warmem Wasser füllen und das Tuch gut darin einweichen. Auswringen, der Länge nach handbreit falten und als „Schal" um den Hals legen. Nach 10 Minuten abnehmen und den Hals mit einem warmen Schal für ½ Stunde gut einwickeln. Die ganze Anwendung zweimal wiederholen und im warmen Zustand beenden. Statt Salz können auch Wickel mit Apfelessig oder Quark zubereitet werden.

Atemwege und Infekte

Ohrenschmerzen

Urmias Ohrentrank

(2 Tassen)
1 große Zwiebel
2 Tassen Wasser

Die Zwiebel schälen und halbieren, in einen mit 2 Tassen Wasser gefüllten Topf geben und 10-15 Minuten köcheln lassen. Die Zwiebelhälften herausnehmen, den Sud je nach Geschmack mit Honig und Zitrone verfeinern und zu sich nehmen.

Ohrenumschlag Bastienne

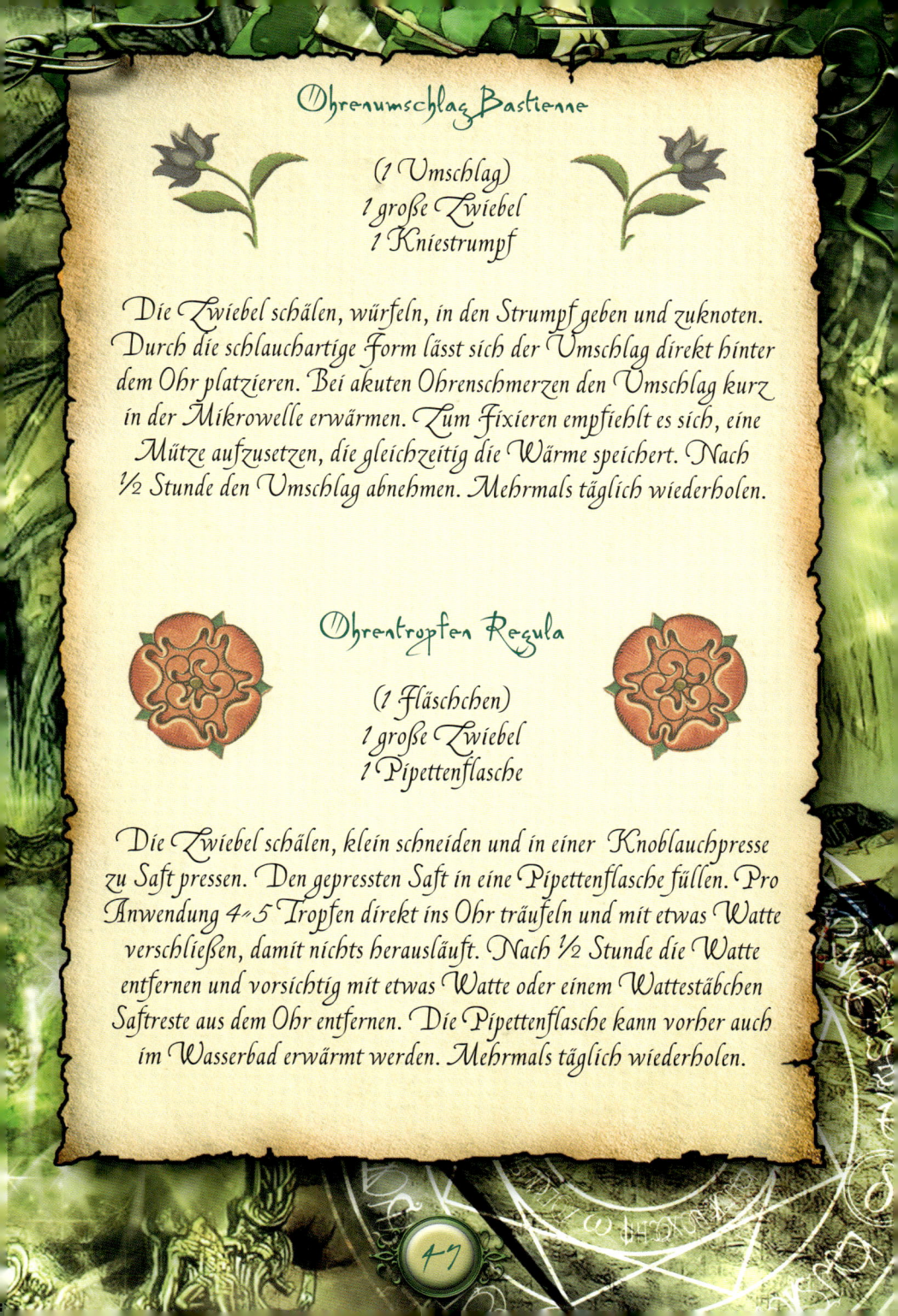

(1 Umschlag)
1 große Zwiebel
1 Kniestrumpf

Die Zwiebel schälen, würfeln, in den Strumpf geben und zuknoten. Durch die schlauchartige Form lässt sich der Umschlag direkt hinter dem Ohr platzieren. Bei akuten Ohrenschmerzen den Umschlag kurz in der Mikrowelle erwärmen. Zum Fixieren empfiehlt es sich, eine Mütze aufzusetzen, die gleichzeitig die Wärme speichert. Nach ½ Stunde den Umschlag abnehmen. Mehrmals täglich wiederholen.

Ohrentropfen Regula

(1 Fläschchen)
1 große Zwiebel
1 Pipettenflasche

Die Zwiebel schälen, klein schneiden und in einer Knoblauchpresse zu Saft pressen. Den gepressten Saft in eine Pipettenflasche füllen. Pro Anwendung 4-5 Tropfen direkt ins Ohr träufeln und mit etwas Watte verschließen, damit nichts herausläuft. Nach ½ Stunde die Watte entfernen und vorsichtig mit etwas Watte oder einem Wattestäbchen Saftreste aus dem Ohr entfernen. Die Pipettenflasche kann vorher auch im Wasserbad erwärmt werden. Mehrmals täglich wiederholen.

Atemwege und Infekte

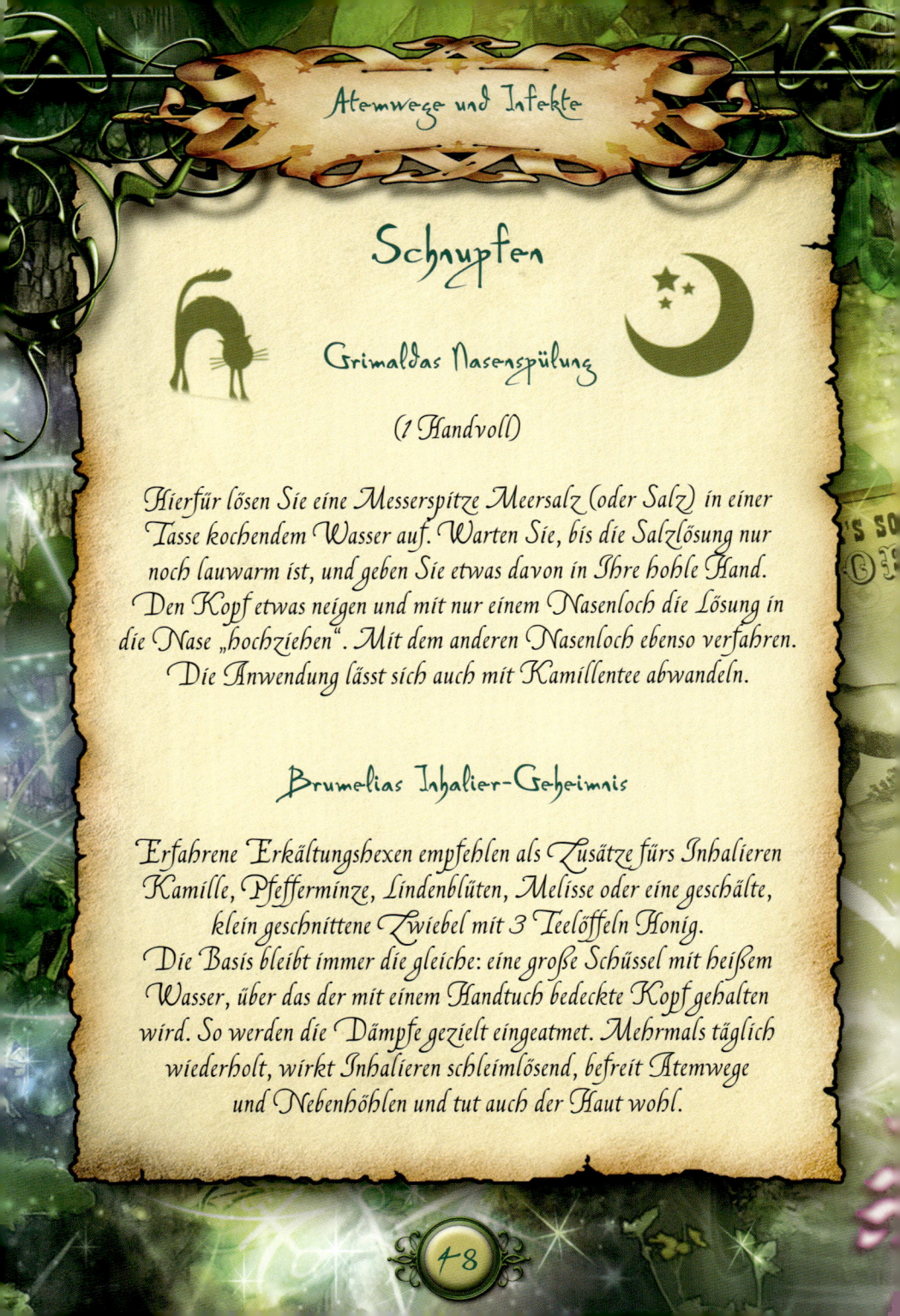

Schnupfen

Grimaldas Nasenspülung

(1 Handvoll)

Hierfür lösen Sie eine Messerspitze Meersalz (oder Salz) in einer Tasse kochendem Wasser auf. Warten Sie, bis die Salzlösung nur noch lauwarm ist, und geben Sie etwas davon in Ihre hohle Hand. Den Kopf etwas neigen und mit nur einem Nasenloch die Lösung in die Nase „hochziehen". Mit dem anderen Nasenloch ebenso verfahren. Die Anwendung lässt sich auch mit Kamillentee abwandeln.

Brumelias Inhalier-Geheimnis

Erfahrene Erkältungshexen empfehlen als Zusätze fürs Inhalieren Kamille, Pfefferminze, Lindenblüten, Melisse oder eine geschälte, klein geschnittene Zwiebel mit 3 Teelöffeln Honig.
Die Basis bleibt immer die gleiche: eine große Schüssel mit heißem Wasser, über das der mit einem Handtuch bedeckte Kopf gehalten wird. So werden die Dämpfe gezielt eingeatmet. Mehrmals täglich wiederholt, wirkt Inhalieren schleimlösend, befreit Atemwege und Nebenhöhlen und tut auch der Haut wohl.

Omas bestgehütete Hühnersuppe

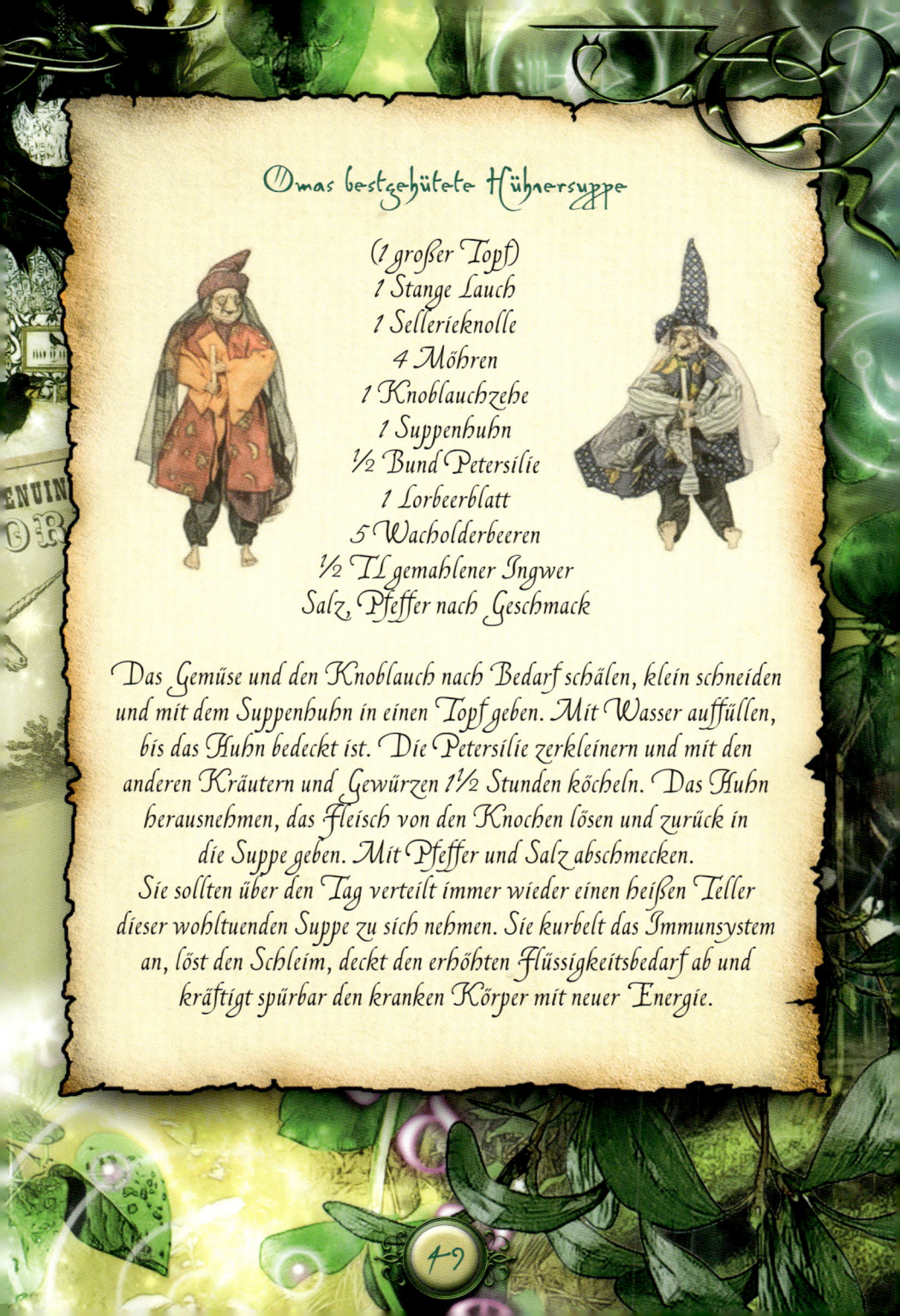

(1 großer Topf)
1 Stange Lauch
1 Sellerieknolle
4 Möhren
1 Knoblauchzehe
1 Suppenhuhn
½ Bund Petersilie
1 Lorbeerblatt
5 Wacholderbeeren
½ TL gemahlener Ingwer
Salz, Pfeffer nach Geschmack

Das Gemüse und den Knoblauch nach Bedarf schälen, klein schneiden und mit dem Suppenhuhn in einen Topf geben. Mit Wasser auffüllen, bis das Huhn bedeckt ist. Die Petersilie zerkleinern und mit den anderen Kräutern und Gewürzen 1½ Stunden köcheln. Das Huhn herausnehmen, das Fleisch von den Knochen lösen und zurück in die Suppe geben. Mit Pfeffer und Salz abschmecken.
Sie sollten über den Tag verteilt immer wieder einen heißen Teller dieser wohltuenden Suppe zu sich nehmen. Sie kurbelt das Immunsystem an, löst den Schleim, deckt den erhöhten Flüssigkeitsbedarf ab und kräftigt spürbar den kranken Körper mit neuer Energie.

Atemwege und Infekte

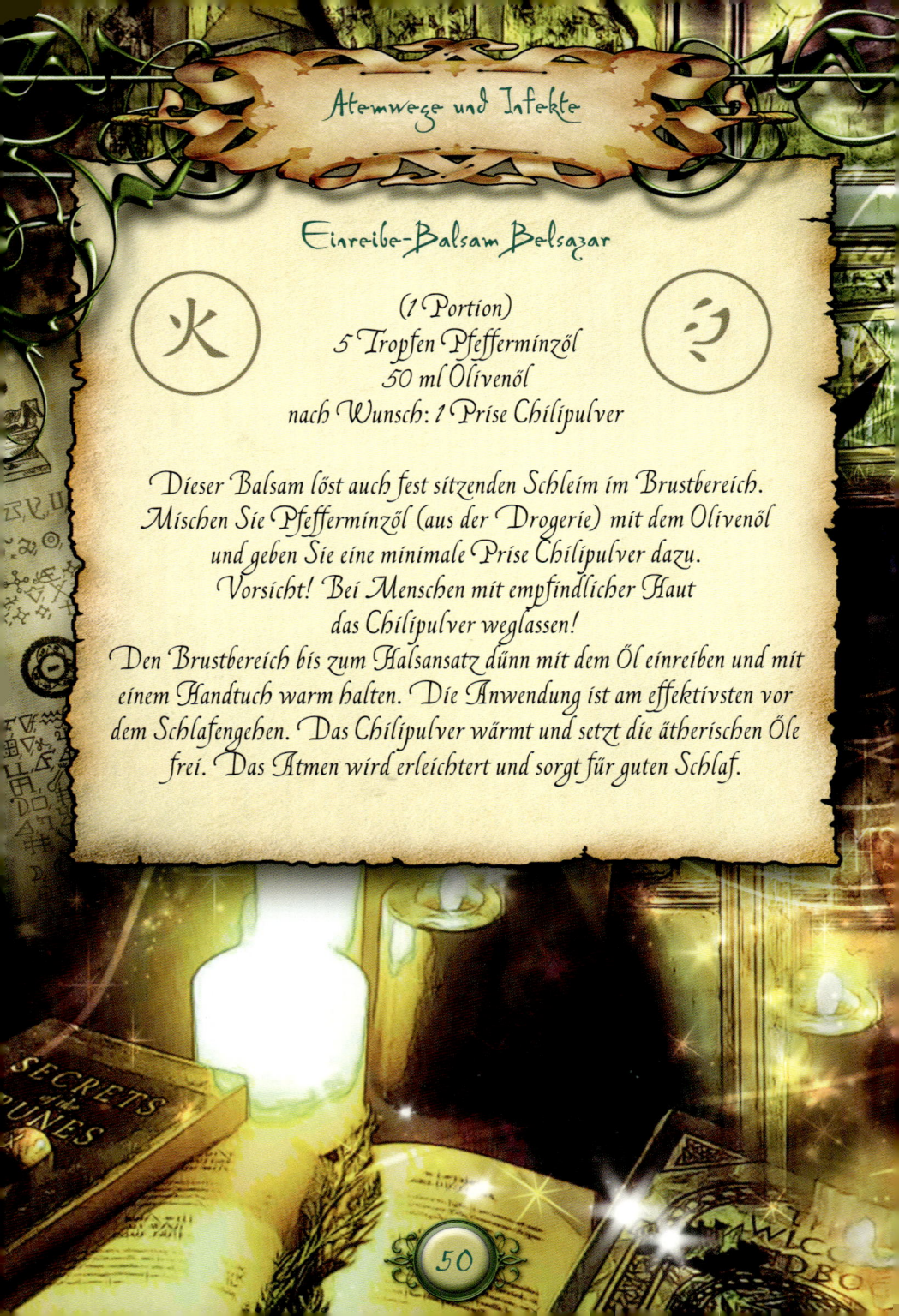

Einreibe-Balsam Belsazar

(1 Portion)
5 Tropfen Pfefferminzöl
50 ml Olivenöl
nach Wunsch: 1 Prise Chilipulver

Dieser Balsam löst auch fest sitzenden Schleim im Brustbereich. Mischen Sie Pfefferminzöl (aus der Drogerie) mit dem Olivenöl und geben Sie eine minimale Prise Chilipulver dazu. Vorsicht! Bei Menschen mit empfindlicher Haut das Chilipulver weglassen!
Den Brustbereich bis zum Halsansatz dünn mit dem Öl einreiben und mit einem Handtuch warm halten. Die Anwendung ist am effektivsten vor dem Schlafengehen. Das Chilipulver wärmt und setzt die ätherischen Öle frei. Das Atmen wird erleichtert und sorgt für guten Schlaf.

Shulamits Tees zum Schleimlösen

Ein mehrmals täglich genossener Tee aus den richtigen Zutaten unterstützt das Lösen von Schleim aktiv und sorgt für die notwendige Flüssigkeitszufuhr. In der Hexenapotheke haben sich besonders folgende Kräutlein bewährt:

- Fenchel
- Holunder
- Ingwer
- Kamille
- Pfefferminze
- Süßholz
- Thymian

Eine oder mehrere der magischen Kräuter am besten mit Honig und etwas Zitrone, die die Wirkung des Tees verstärken, verfeinern, als Tee mit nicht mehr kochendem, heißem Wasser überbrühen und 5–10 Minuten ziehen lassen.

Tipp:

Die beschriebenen Überlieferungen von vielen weisen Kräuterfrauen helfen besonders in den ersten Tagen, so lange es sich um Infekte mit „normaler" Dauer (einige Tage, nicht Wochen!) handelt. Bei länger anhaltenden Beschwerden sollten Sie immer mit einem Arzt sprechen.

Herz, Kreislauf & Stoffwechsel

Ein Häufchen Elend liegt am Boden,
es ist ein kleines, krankes Herz.
Man macht sich schrecklich viele Sorgen,
denn es hat sicher großen Schmerz.

Was kann das arme Ding nur heilen,
wie kann man ihm denn helfen?
Mit Liebe kann man es einreiben,
so kann es nicht verwelken.

Wenn's hilft, erkennt man das sogleich,
weil es dann viel lacht und singt.
Alles rundherum wird reich,
das Herz gar fröhlich umherspringt.

(Wiedegunde die Geküsste,
Bewahrerin des westlichen Zirkels)

CARTE POSTALE Porte-Bonheur de

Isoline

Passé, Présent, Avenir

Herz, Kreislauf & Stoffwechsel

Unser Herz und Kreislauf funktionieren normalerweise in einem minuziös aufeinander abgestimmten System. Störungen dieses empfindlichen Systems beeinträchtigen sofort den gesamten Blutkreislauf und damit unseren kompletten Körper. Bei schwerwiegenden Erkrankungen gehen wir natürlich zum Arzt. Vorbeugend können wir Herz und Kreislauf aber viel stärker unterstützen, als man meinen könnte.

Bluthochdruck

Salzarme Ernährung

Um Bluthochdruck entgegenzuwirken, hat sich nach der jahrhundertelangen Erfahrung in der Hexenapotheke eine Umstellung der Ernährung auf sehr salzreduzierte Kost gut bewährt. Die Umstellung fällt leichter, wenn man mit frischen Zutaten selbst kocht. Fertigprodukte sind leider meist stark gesalzen. Wenn Sie selbst kochen, können Sie Salz mit einer Vielzahl an frischen oder getrockneten Kräutern kompensieren. Essgewohnheiten, die uns offensichtlich nicht gut tun, müssen geändert werden. Sie können einfach damit anfangen, bestimmte Fleischsorten und Beilagen durch salzärmere zu ersetzen. Auf jeden Fall sollte man den Anteil von Gemüse und Salat am Essen erhöhen.

Sehr zu empfehlen sind salz- und natriumarme Lebensmittel wie:

- Forelle
- Karpfen
- Putenfleisch
- Rindfleisch

- Haferflocken
- Kartoffeln
- Nudeln (ohne Ei)
- Reis (poliert)
- Sojabohnen

- Bohnen
- Brokkoli
- Erbsen
- Erdnüsse
- Feldsalat
- Kohl
- Kopfsalat
- Knoblauch
- Lauch
- Linsen
- Möhren
- Rote Beete
- Sellerie
- Spinat
- Wassermelone

Herz, Kreislauf & Stoffwechsel

Die folgenden Lebensmittel meiden Sie bitte möglichst, sie enthalten viel Salz:

- Camembert (45%)
- Hartkäse (mit 45% Fett i. Tr.)
- Schmelzkäse
- Tilsiter
- Blut- und Leberwurst
- Dosenwurst wie Corned Beef, Würstchen und eingelegtes Rindfleisch
- Mettwurst
- Räucherschinken
- Salami
- Speck
- Ketchup
- Mayonnaise

Generell gilt: Reduzieren Sie Salzhaltiges an Ihrer Nahrung so viel wie möglich, aber so, dass Sie die salzärmere Kost auch genießen können. Nur so gelingt die Umstellung auf gesündere Essgewohnheiten tatsächlich.

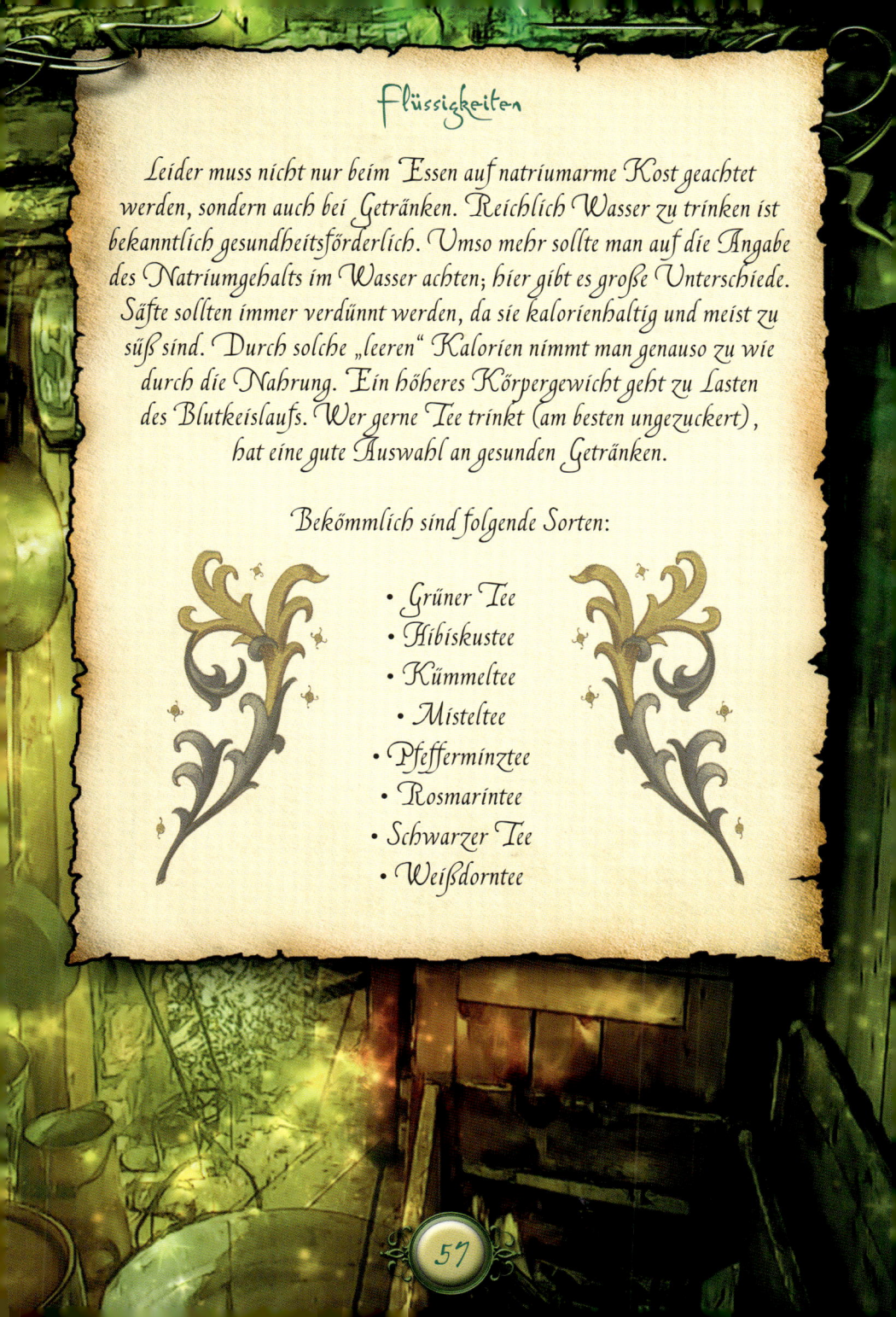

Flüssigkeiten

Leider muss nicht nur beim Essen auf natriumarme Kost geachtet werden, sondern auch bei Getränken. Reichlich Wasser zu trinken ist bekanntlich gesundheitsförderlich. Umso mehr sollte man auf die Angabe des Natriumgehalts im Wasser achten; hier gibt es große Unterschiede. Säfte sollten immer verdünnt werden, da sie kalorienhaltig und meist zu süß sind. Durch solche „leeren" Kalorien nimmt man genauso zu wie durch die Nahrung. Ein höheres Körpergewicht geht zu Lasten des Blutkreislaufs. Wer gerne Tee trinkt (am besten ungezuckert), hat eine gute Auswahl an gesunden Getränken.

Bekömmlich sind folgende Sorten:

- Grüner Tee
- Hibiskustee
- Kümmeltee
- Misteltee
- Pfefferminztee
- Rosmarintee
- Schwarzer Tee
- Weißdorntee

Herz, Kreislauf & Stoffwechsel

Die weisen Frauen kennen außerdem eine Menge gut gehüteter Teerezepte. Einige seien hier verraten.

Knobi-Wellness-Tee

(1 Kanne)
2 Zwiebeln
3 Knoblauchzehen
Saft von ½ Zitrone

Zwiebeln und Knoblauch schälen, klein schneiden, in einem Topf mit 1 Liter Wasser 10 Minuten kochen und absieben. Morgens und abends eine aufgewärmte Tasse mit einem Spritzer Zitronensaft zu sich nehmen.

Malfaldas Gemüse-Drink

(4 Gläser)
1 Knoblauchzehe
1 Sellerieknolle
1 Glas (ca. ¼ l) Rote Beete
1 Handvoll ungesalzene Erdnüsse

Den Knoblauch und den Sellerie schälen, in Stücke schneiden und mit den Roten Beeten samt Saft und Erdnüssen im Haushaltsmixer zu cremiger Konsistenz verrühren. Nach Geschmack lässt sich der Drink mit Wasser verdünnen.

„Herzwein"

(1 Literflasche)
10 frische Petersilienstängel
1 l Weiß- oder Rotwein
2 EL Weinessig
300 ml echter Bienenhonig

Die Petersilienstängel mit ihren Blättern leicht zerkleinern und mit Wein und Essig in einem Topf 10 Minuten köcheln (Vorsicht, Schaumbildung!). Danach den Honig langsam in die Flüssigkeit geben und weitere 5 Minuten köcheln. Das Ganze noch in heißem Zustand in eine große Flasche von mindestens 1 Liter Inhalt geben und gut verschließen. Nach 24 Stunden absieben, der Wein ist nun trinkbar. Jeden Abend ½ Gläschen davon stärkt die Lebensgeister.

Herz, Kreislauf & Stoffwechsel

Blutzucker

Leicht erhöhter Blutzucker und Diabetes Typ 2 können mit einer entsprechenden Diät ohne allzu großen Aufwand unterstützt werden. Wichtig ist hier, die Ernährungsumstellung mit einem gesunden Bewegungsprogramm zu kombinieren. Eines von beiden bewirkt zu wenig. Bei der Ernährung sollte man bei erhöhtem Blutzucker nicht nur auf die „Broteinheiten" achten, sondern auch auf „leere" Kalorien in Getränken, die sich als Extrakilos auf die Hüften legen.

Ernährung

Ideale Lebensmittel, die den Blutzucker nicht in die Höhe treiben, sondern eher senkend wirken, sind Kohlenhydrate oder Eiweißprodukte, die ihre Energie bei der Verdauung im Körper eher langsam und allmählich freisetzen. So etwa:

- alle Arten von Vollkornprodukten
- Sojaprodukte
- Reis mit Schale
- Kartoffeln (kleine Portionen)
- Fisch
- fettarme tierische Produkte wie Hühner- oder Putenfleisch
- Schweine- und Rinderfilet
- fettarme Milchprodukte wie Käse, Quark oder Joghurt
- Bohnen
- Erbsen
- Linsen
- Möhren

- rote Paprikaschoten
- sauer eingelegtes Gemüse
- grüne Äpfel
- Grapefruit
- Rhabarber
- ungesalzene Nüsse (1 Handvoll pro Tag)
- Sonnenblumenkerne (½ Handvoll pro Tag)
- Kuchen nur aus Hefeteig

Ungeeignete Lebensmittel, die den Blutzucker unnötig in die Höhe treiben und den Körper zudem mit „leeren Kalorien" belasten, sind:

- alle Arten von Weißmehlprodukten
- Laugengebäck
- fetthaltiges Fleisch (Schweinebraten, Sparerips)
- fetter Fisch (Aal, Heilbutt)
- Rosenkohl
- gekochtes Kraut
- Bananen
- Trockenobst
- Haushaltszucker/ Fruchtzucker
- frisch gepresste Säfte (immer verdünnen)
- Alkohol

Getränke

- ungesüßte Tees
- Wasser
- zuckerfreie Säfte

Zum Süßen Süßstoff oder Stevia nehmen.

Herz, Kreislauf & Stoffwechsel

Rezepte

Wenn Sie sich an Blutzucker senkende Lebensmittel halten, können Sie durch einfaches Kombinieren nebenher auch Gewicht reduzieren. Kohlenhydrathaltige Mahlzeiten nehmen Sie besser tagsüber zu sich, da Sie sich tagsüber mehr bewegen und diese besser abbauen können. Eiweißhaltige Nahrung ist am besten vor dem Zubettgehen.

Salate mit viel Essig senken, am Abend genossen, über Nacht den Blutzucker. Mit einem mageren Stück Huhn oder Pute werden sie zur vollwertigen Mahlzeit, die der Körper problemlos verarbeiten kann, da keine „schwierigen" Kohlenhydrate dabei sind.

Saurer Bohnensalat Abraxas

(4 Portionen)
½ Dose grüne Bohnen
½ Zwiebel
2 mittlere Essiggurken
½ rote Paprikaschote
½ Bund Dill
3 Petersilienstängel
1 Knoblauchzehe
2 EL Olivenöl
2 EL Apfelessig
je 1 Prise Salz, Pfeffer

Geben Sie die Bohnen in eine große Schüssel und schneiden Sie die geschälte Zwiebel, Essiggurken und Paprika in kleine Würfel. Dill und Petersilie waschen, trocken schütteln und klein schneiden. In einer Tasse Öl, Essig, Salz und Pfeffer zu einem Dressing verrühren und den geschälten Knoblauch hineinpressen. Geben Sie das Dressing in die Schüssel und lassen Sie es 20 Minuten ziehen. Wer möchte, kann dazu etwas mageres Fleisch oder 1-2 Scheiben Vollkornbrot essen.

Saurer Gurkensalat Balthasar

(4 Portionen)
1 Salatgurke
3 EL Apfelessig
1 Prise Salz
½ Bund Dill
½ Bund Schnittlauch
½ Becher Sauerrahm
2 EL Olivenöl
1 Prise Pfeffer

De Gurke schälen, in ½ cm dicke Scheiben schneiden und in eine Schüssel geben. Den Essig und das Salz darüber geben und 10 Minuten ziehen lassen. Die Kräuter waschen, trocken schütteln und klein schneiden. In einer Tasse den Rahm mit Pfeffer und Öl zu einem Dressing anrühren und über die Gurke gießen. Zum Schluss kommen Dill und Schnittlauch hinzu.
Zu diesem Salat passt auch ein schönes Stück Weißfisch.

Herz, Kreislauf & Stoffwechsel

Gazpacho (Kalte Suppe)

(2 Teller)
1 rote Paprikaschote
½ Salatgurke
2 große Fleischtomaten
2 Scheiben Vollkornbrot
1 Knoblauchzehe
je 1 Prise Salz, Pfeffer
80 ml Oliven- oder Rapsöl
1 EL Weinessig

Die Paprika waschen, entkernen und in grobe Stücke schneiden. Die Gurke schälen und mit den geputzten Tomaten grob zerkleinern. Das Brot entrinden und in Viertel schneiden. Den Knoblauch schälen und halbieren. Alles in einer hohen Schüssel pürieren, mit Salz, Pfeffer, Öl und Essig verfeinern und ½ Stunde kühl stellen. Gazpacho ist nicht nur im Sommer eine erfrischende Mahlzeit und ein leichtes Abendbrot.

Blechkuchen Rosalia

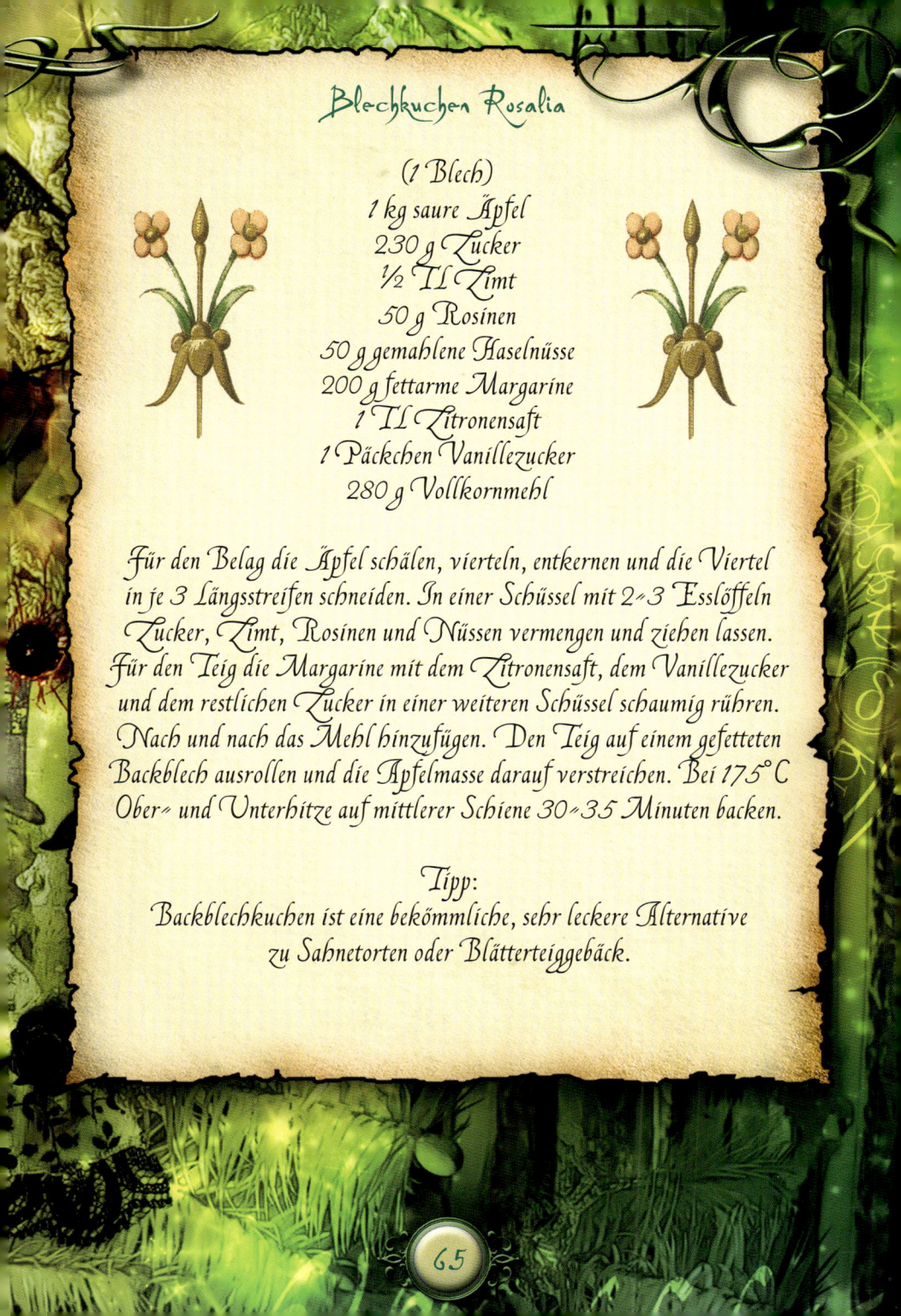

(1 Blech)
1 kg saure Äpfel
230 g Zucker
½ TL Zimt
50 g Rosinen
50 g gemahlene Haselnüsse
200 g fettarme Margarine
1 TL Zitronensaft
1 Päckchen Vanillezucker
280 g Vollkornmehl

Für den Belag die Äpfel schälen, vierteln, entkernen und die Viertel in je 3 Längsstreifen schneiden. In einer Schüssel mit 2-3 Esslöffeln Zucker, Zimt, Rosinen und Nüssen vermengen und ziehen lassen. Für den Teig die Margarine mit dem Zitronensaft, dem Vanillezucker und dem restlichen Zucker in einer weiteren Schüssel schaumig rühren. Nach und nach das Mehl hinzufügen. Den Teig auf einem gefetteten Backblech ausrollen und die Apfelmasse darauf verstreichen. Bei 175°C Ober- und Unterhitze auf mittlerer Schiene 30-35 Minuten backen.

Tipp:
Backblechkuchen ist eine bekömmliche, sehr leckere Alternative zu Sahnetorten oder Blätterteiggebäck.

Herz, Kreislauf & Stoffwechsel

... oder tausend Schritte tun: Bewegung

Durch Bewegung und leichten Sport wird der Blutzucker stets ein wenig gesenkt, manchmal sogar unerfreuliche Kilos verbrannt. Nach einer Mahlzeit steigt der Blutzucker an. Um ihn zu senken, genügt oft schon ein längerer Spaziergang an der frischen Luft. Nimmt man außerdem vor dem Spaziergang ein großes Glas Wasser zu sich, wird er zur magischen „Wunderwaffe": Bewegung wie Flüssigkeit „verdünnen" den Blutzucker. Bei Blutzucker sollten Sie sich so viel Bewegung verschaffen, dass Sie irgendwann keine überflüssigen Kilos mehr mit sich herumtragen.

Cholesterin

Leicht erhöhten Cholesterinwerten kann man mit einer Ernährungsumstellung leicht beikommen, wenn man folgende Faustregeln beachtet:

- Tierische durch pflanzliche Fette ersetzen
- „leere" Kalorien vermeiden.

„Leere" Kalorien lauern beispielsweise in Weißmehlprodukten, die kalorienreich sind, aber nicht lange satt machen. Nudeln, Reis und Brot lassen sich durch Vollkornprodukte ersetzen, die auch lange sättigen. Unter den Milchprodukten sind fettarme wie Magerquark, magerer Käse, Buttermilch oder Hüttenkäse vorzuziehen. Obst am besten frisch genießen, da im Dosenobst zu viel Zucker verarbeitet wurde. Generell sollten Süßigkeiten stark eingeschränkt werden. Bei Schokolade am ehesten dunkle Sorten mit 85% Kakao nehmen, ansonsten beispielsweise russisches Brot oder Gummibärchen. Hefeteigkuchen können genauso gut schmecken wie Sahnetorten und sind doch unbedenklicher. Fruchtsäfte sollten stets verdünnt, Alkohol ganz gemieden werden („leere Kalorien"!). Die bekömmlichsten Getränke auch für Menschen mit Cholesterinproblemen sind ungesüßte Kräuter- und Früchtetees.

Herz, Kreislauf & Stoffwechsel

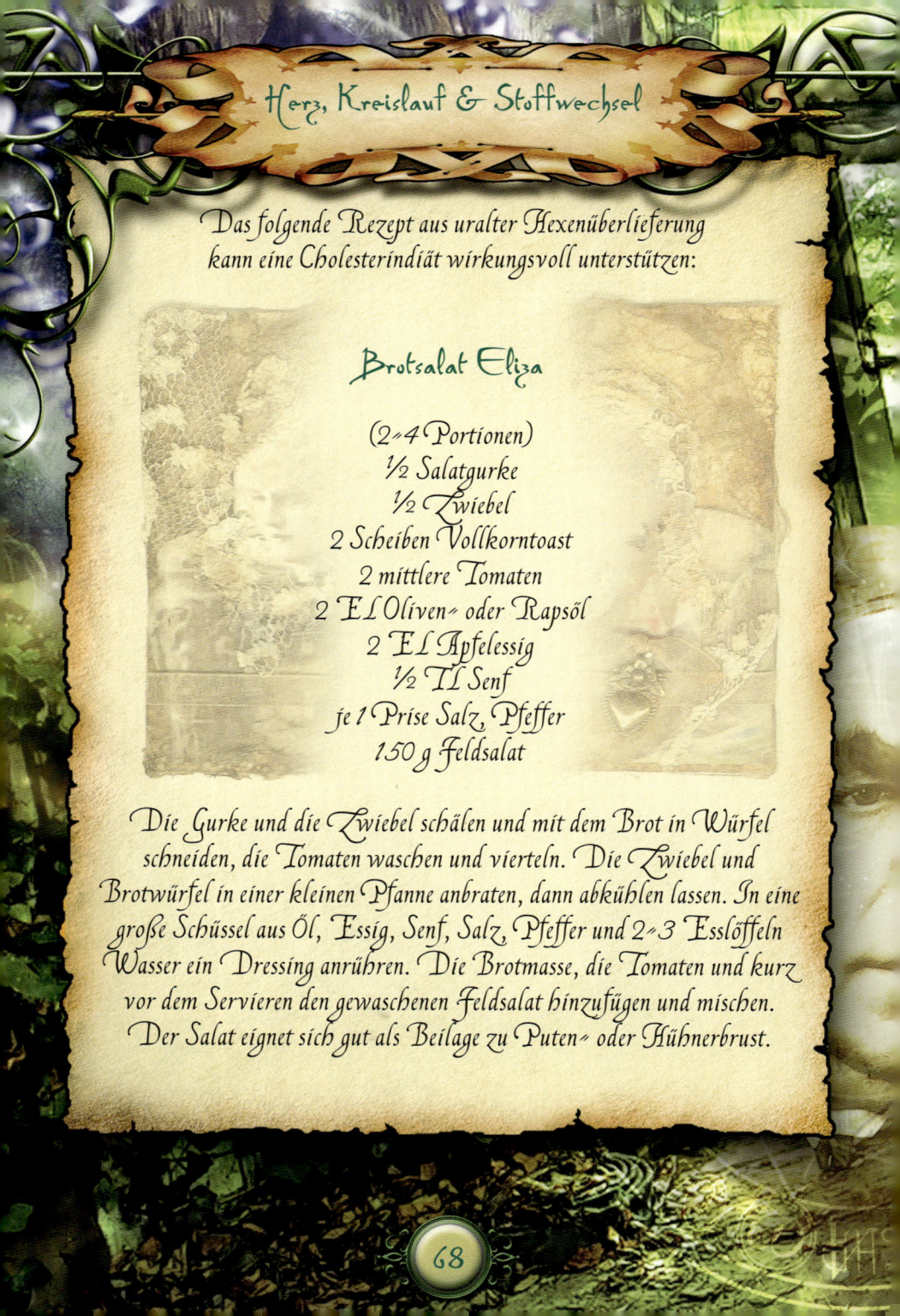

Das folgende Rezept aus uralter Hexenüberlieferung kann eine Cholesterindiät wirkungsvoll unterstützen:

Brotsalat Eliza

(2-4 Portionen)
½ Salatgurke
½ Zwiebel
2 Scheiben Vollkorntoast
2 mittlere Tomaten
2 EL Oliven- oder Rapsöl
2 EL Apfelessig
½ TL Senf
je 1 Prise Salz, Pfeffer
150 g Feldsalat

Die Gurke und die Zwiebel schälen und mit dem Brot in Würfel schneiden, die Tomaten waschen und vierteln. Die Zwiebel und Brotwürfel in einer kleinen Pfanne anbraten, dann abkühlen lassen. In eine große Schüssel aus Öl, Essig, Senf, Salz, Pfeffer und 2-3 Esslöffeln Wasser ein Dressing anrühren. Die Brotmasse, die Tomaten und kurz vor dem Servieren den gewaschenen Feldsalat hinzufügen und mischen. Der Salat eignet sich gut als Beilage zu Puten- oder Hühnerbrust.

Krampfadern und schwere Beine

Bei den sogenannten „Verkäuferinnenbeinen" liegt das Problem in der Dauerbelastung durch das Stehen. Wenn zusätzlich eine schlechte Durchblutung oder gar Herz-Kreislauf-Probleme bestehen, verkrampfen sich die Venen. Ein Blutstau entsteht, den wir als „Krampfadern" bezeichnen. Auch wenn Sie sich den ganzen Tag bewegen und keine Zeit haben, die Beine hochzulegen und zu entlasten, wird es nicht besser. Um den Beinen Gutes zu tun und eine bessere Durchblutung der Adern zu unterstützen, empfehlen heilkundige Frauen die folgenden Anwendungen.

Kneipp-Kur zuhause

Für eine echte Kneipp-Kur zuhause braucht man nur 2 große Eimer oder Wannen, in die beide Füße bequem passen, heißes und kaltes Wasser.

Befüllen Sie einen Eimer mit kaltem, den anderen mit gerade noch erträglich heißem Wasser. Stellen Sie zuerst beide Beine bis über die Wade ins heiße und nach 3 Minuten ins kalte Wasser. Die Anwendung dreimal wiederholen, zum Schluss die Füße ins warme Wasser stellen und mit Johanniskraut-Öl einreiben – eine Wohltat!

Herz, Kreislauf & Stoffwechsel

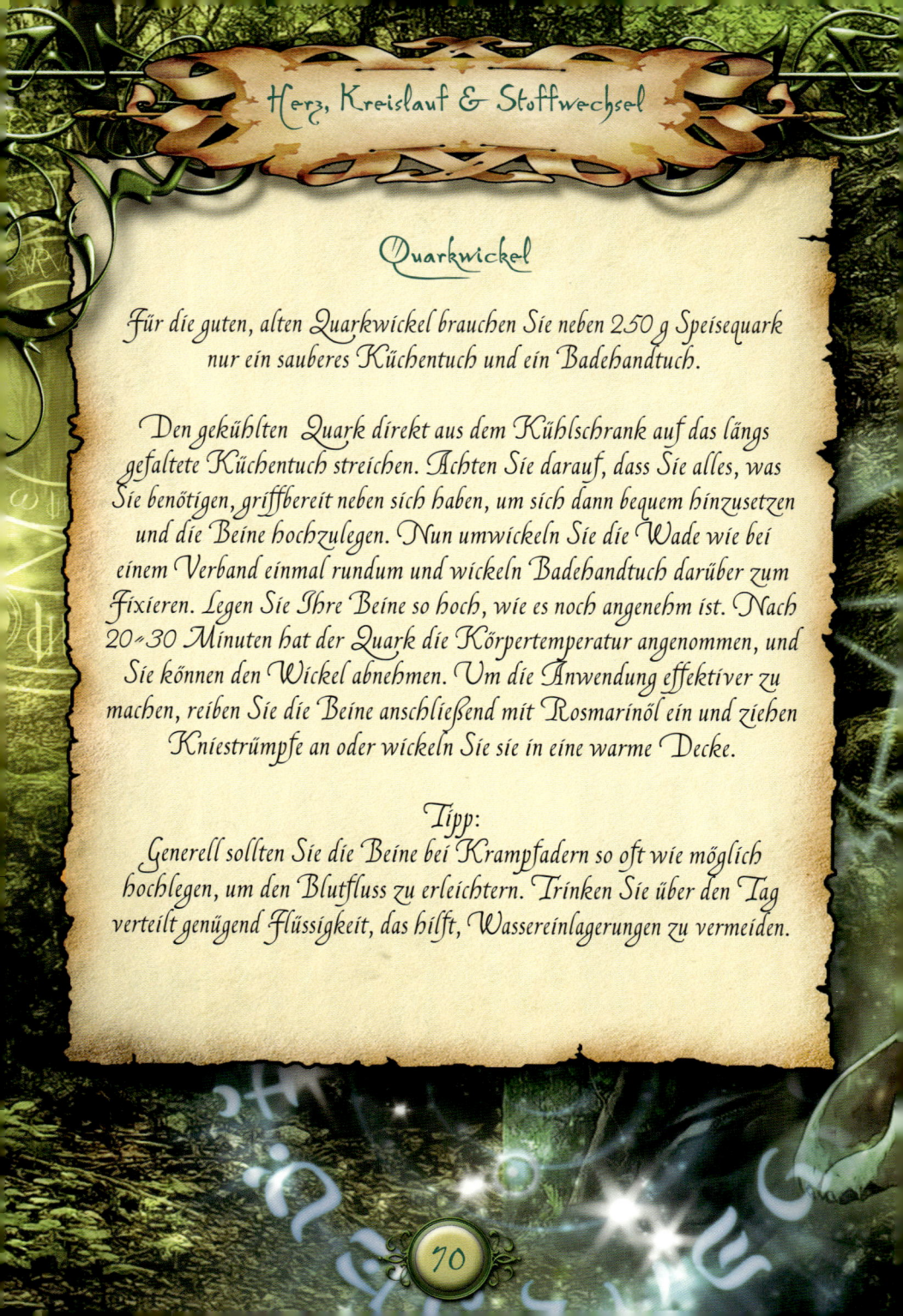

Quarkwickel

Für die guten, alten Quarkwickel brauchen Sie neben 250 g Speisequark nur ein sauberes Küchentuch und ein Badehandtuch.

Den gekühlten Quark direkt aus dem Kühlschrank auf das längs gefaltete Küchentuch streichen. Achten Sie darauf, dass Sie alles, was Sie benötigen, griffbereit neben sich haben, um sich dann bequem hinzusetzen und die Beine hochzulegen. Nun umwickeln Sie die Wade wie bei einem Verband einmal rundum und wickeln Badehandtuch darüber zum Fixieren. Legen Sie Ihre Beine so hoch, wie es noch angenehm ist. Nach 20–30 Minuten hat der Quark die Körpertemperatur angenommen, und Sie können den Wickel abnehmen. Um die Anwendung effektiver zu machen, reiben Sie die Beine anschließend mit Rosmarinöl ein und ziehen Kniestrümpfe an oder wickeln Sie sie in eine warme Decke.

Tipp:
Generell sollten Sie die Beine bei Krampfadern so oft wie möglich hochlegen, um den Blutfluss zu erleichtern. Trinken Sie über den Tag verteilt genügend Flüssigkeit, das hilft, Wassereinlagerungen zu vermeiden.

Wassereinlagerungen

Bei vermehrten Wassereinlagerungen im Körper empfiehlt sich eine „Entwässerung". Diese kann den belasteten Blutkreislauf und die Herzmuskulatur entlasten. Bei krankhaft bedingten Wassereinlagerungen bitte mit einem Arzt sprechen. Die Tipps aus der Hexenapotheke unterstützen eine Entwässerung lediglich.

Eines der wirkungsvollsten Kräuter ist die Brennnessel. Durch ihre harntreibende und blutreinigende Wirkung ist sie sehr gut geeignet, um den Körper von innen zu reinigen – nicht nur in Form von Tee.

Smeraldas Brennnessel-Gemüse

(1 Portion)
250 g junge Brennnesselblätter (mittags gepflückt)
1 Knoblauchzehe
je 1 Prise Salz, Pfeffer
2–3 EL Sauerrahm

Die Blätter waschen und grob zerteilen. Den Knoblauch schälen und mit einer Gabel zerdrücken. Beides in einem Topf mit wenig Wasser auf kleiner Flamme einige Minuten köcheln. Nach Geschmack mit Salz, Pfeffer und Rahm verfeinern.

Herz, Kreislauf & Stoffwechsel

Eustacias Brennnessel-Shake

(2–3 Portionen)
½ Handvoll junge Brennnesselblätter
3 Orangen
1 Banane
1 Prise Zimt

Die Blätter waschen und mit den geschälten, zerteilten Orangen und der geschälten Banane mixen. Den Zimt und 2–3 Esslöffel Wasser hinzufügen und im Mixer auf mittlerer Stufe zu einem cremigen Shake zerkleinern. Statt Wasser kann auch süße Sahne verwendet werden. Nach Geschmack süßen.

Nesselbutter Xanthia

(1 Portion)
½ kg Butter
1 Handvoll junge Brennnesselblätter (oder 2 Beutel Brennnesseltee)
1 Blatt Basilikum
1 Prise Salz

Die Butter in eine Schüssel geben und bei Zimmertemperatur weich werden lassen, bis sie mit einem Kochlöffel gerührt werden kann. Die Brennnesseln und das Basilikum mit einem scharfen Messer so fein wie möglich zerkleinern und mit dem Salz zur Butter geben. Diese gut vermengt in einen Plastikbecher mit Deckel füllen und kühl lagern. Ein wohltuender Brotaufstrich mit interessanter Geschmacksnote.

Entwässernde Tees

Außer einem Tee aus jungen Brennnesseln empfehlen Kräuterkundige folgende Kräuter für einen entwässernden Tee:

- Birkenblätter
- Fenchel
- Grüner Tee
- Hagebutte
- Holunderblüten
- Süßholz
- Wacholderbeeren
- Weißdorn
- Löwenzahnwurzel (aus der Apotheke)
- Mais (1 Handvoll Dosenmais)

Tipps:
Löwenzahnwurzel sollte zuvor über Nacht in kaltem Wasser eingelegt werden. Die Kräuter (am besten frisch) mit einer Prise Zimt zum Ankurbeln des Kreislaufs mit heißem, nicht mehr kochendem Wasser aufbrühen und 5–10 Minuten ziehen lassen. Der überbrühte Dosenmais kann bis zu 15 Minuten ziehen.

Herz, Kreislauf & Stoffwechsel

Spargel- oder Kürbissuppe Walpurgis

(4 Portionen)
½ kg Spargel oder Kürbisfleisch
½ Bund Petersilie
12 Brühwürfel
200 g Sauerrahm

Den frischen Spargel schälen beziehungsweise den Kürbis schälen, entkernen und zerkleinern und in 1 Liter Wasser mit den Brühwürfeln und der gewaschenen, zerkleinerten Petersilie 25–30 Minuten kochen. Wer Spargel aus dem Glas nimmt, kann die Flüssigkeit zum Kochen mitverwenden oder auch trinken. Zur Suppe den Rahm und nach Geschmack Gewürze zufügen.

Salat Fabiola

(2 Portionen)
2 Möhren
1 Apfel
250 g Weißkohl
2 EL Olivenöl
2 EL Apfelessig
je 1 Prise Salz, Zucker und Pfeffer
1 Handvoll Kürbiskerne
8–10 Walnüsse

Die Möhren und den Apfel schälen und mit dem Kohl in eine große Schüssel raspeln. Öl, Essig und Gewürze darüber geben, mischen und mit Kürbiskernen und Walnüssen bestreuen.

Tipp:
Um eine Entwässerung im Körper anzukurbeln, ist es sehr wichtig, zugleich mehr Flüssigkeit zu sich zu nehmen als gewohnt. Dieses Mehr an Flüssigkeit unterstützt das Lösen von Wassereinlagerungen und begünstigt dadurch die Ausscheidung von Wasser aus dem Körper.

Gewichtsreduktion

Übergewicht geht oft einher mit komplexen Krankheitssymptomen. Häufig erleichtert eine Gewichtsreduktion die Therapie der Stoffwechselerkrankung. Und für das Vorhaben, Gewicht zu reduzieren, gibt es nichts Wichtigeres als eine schmackhafte, langfristig durchführbare und gesundheitlich unbedenkliche Diät. Alte Überlieferungen kennen solche sättigenden, kalorienarmen und dazu schnell zubereiteten Gerichte. Zwei seien hier verraten.

Herz, Kreislauf & Stoffwechsel

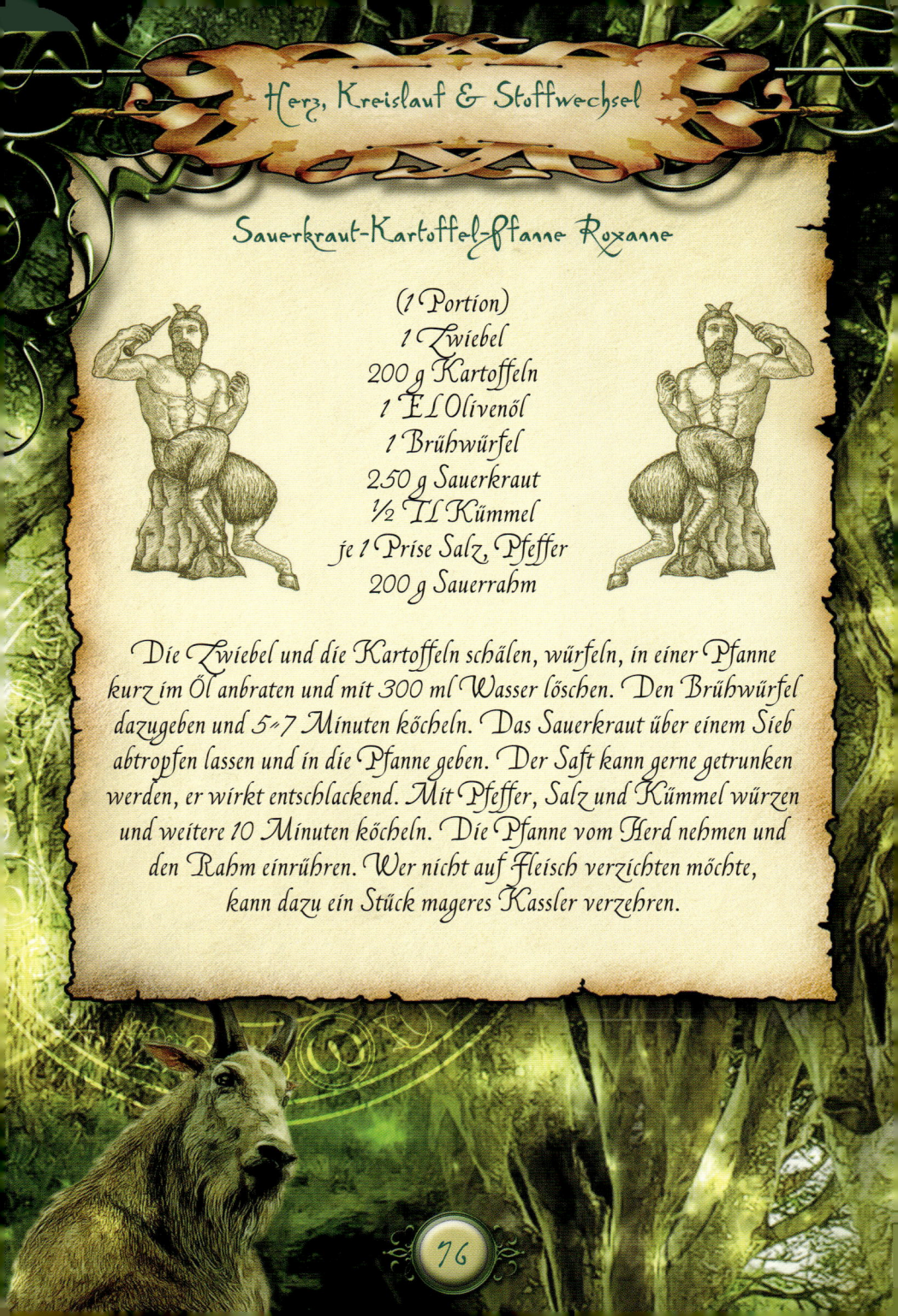

Sauerkraut-Kartoffel-Pfanne Roxanne

(1 Portion)
1 Zwiebel
200 g Kartoffeln
1 EL Olivenöl
1 Brühwürfel
250 g Sauerkraut
½ TL Kümmel
je 1 Prise Salz, Pfeffer
200 g Sauerrahm

Die Zwiebel und die Kartoffeln schälen, würfeln, in einer Pfanne kurz im Öl anbraten und mit 300 ml Wasser löschen. Den Brühwürfel dazugeben und 5-7 Minuten köcheln. Das Sauerkraut über einem Sieb abtropfen lassen und in die Pfanne geben. Der Saft kann gerne getrunken werden, er wirkt entschlackend. Mit Pfeffer, Salz und Kümmel würzen und weitere 10 Minuten köcheln. Die Pfanne vom Herd nehmen und den Rahm einrühren. Wer nicht auf Fleisch verzichten möchte, kann dazu ein Stück mageres Kassler verzehren.

Hähnchenpfanne Carmina

(1 Portion)
1 Stange Lauch
je 1 gelbe und 1 rote Paprikaschote
½ Zwiebel
250 g Hähnchenbrust
2 TL Oliven- oder Rapsöl
je 1 Prise Salz, Pfeffer, Paprikapulver edelsüß,
Majoran, Chilipulver
1 Brühwürfel
100 g Sauerrahm
1 TL Senf
1 Handvoll Vollkornnudeln

Das Gemüse waschen, nach Bedarf schälen, putzen und klein schneiden. Das Fleisch in Streifen schneiden, kurz im Öl anbraten und mit den Gewürzen abschmecken. Kurz bevor das Fleisch gar ist, das Gemüse für 1-2 Minuten dazugeben, dann mit 350 ml Wasser löschen. Brühe, Rahm und Senf hineingeben und auf kleiner Flamme 15-20 Minuten köcheln. Währenddessen die Nudeln nach Anleitung garen. Kurz vor dem Servieren in die Pfanne geben und gut durchrühren.

Magen und Darm

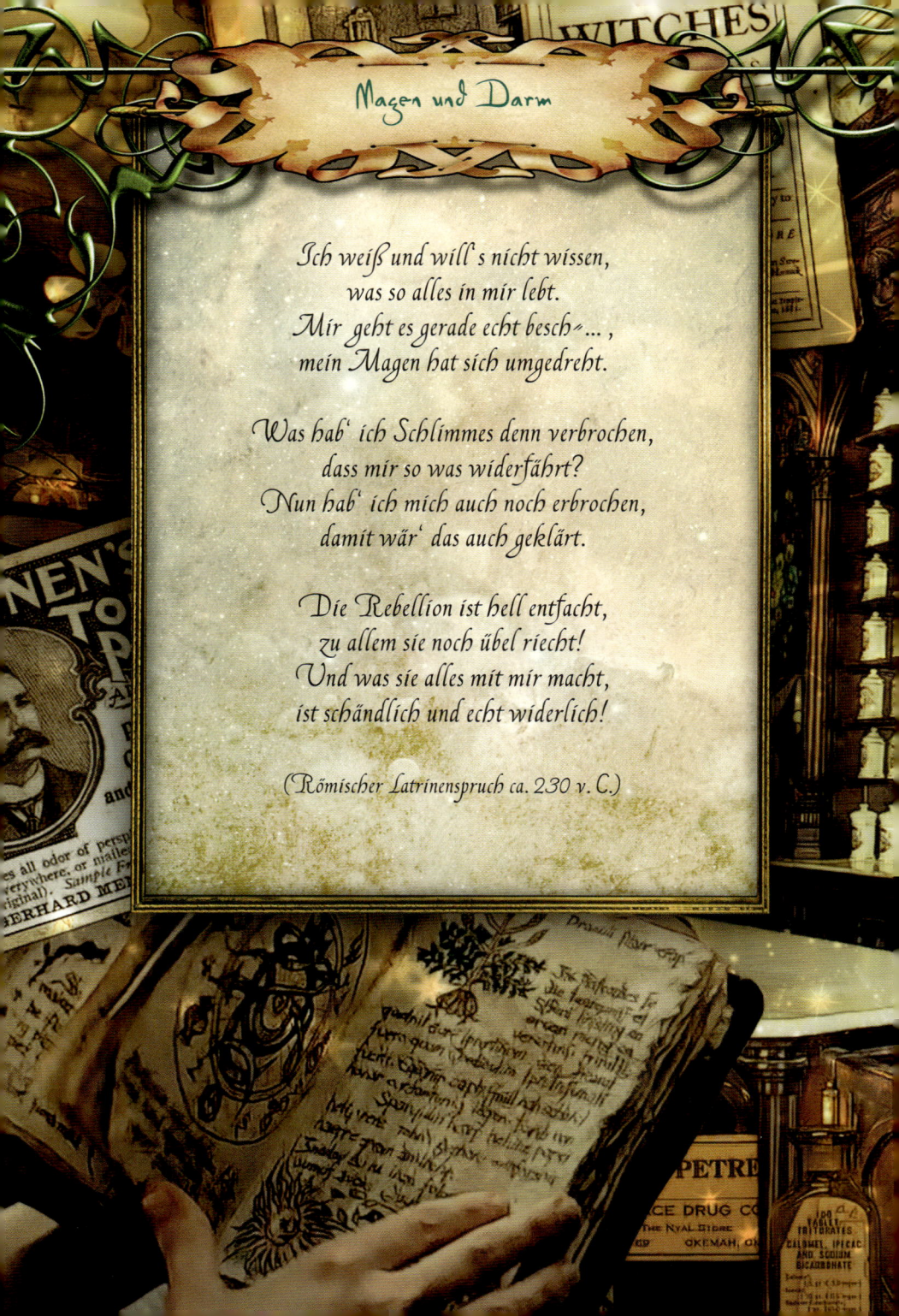

Ich weiß und will's nicht wissen,
was so alles in mir lebt.
Mir geht es gerade echt besch⁂...,
mein Magen hat sich umgedreht.

Was hab' ich Schlimmes denn verbrochen,
dass mir so was widerfährt?
Nun hab' ich mich auch noch erbrochen,
damit wär' das auch geklärt.

Die Rebellion ist hell entfacht,
zu allem sie noch übel riecht!
Und was sie alles mit mir macht,
ist schändlich und echt widerlich!

(Römischer Latrinenspruch ca. 230 v. C.)

A.M. PALMER & CO., CHEMISTS

Otto of Rose

COLD CREAM

Magen und Darm

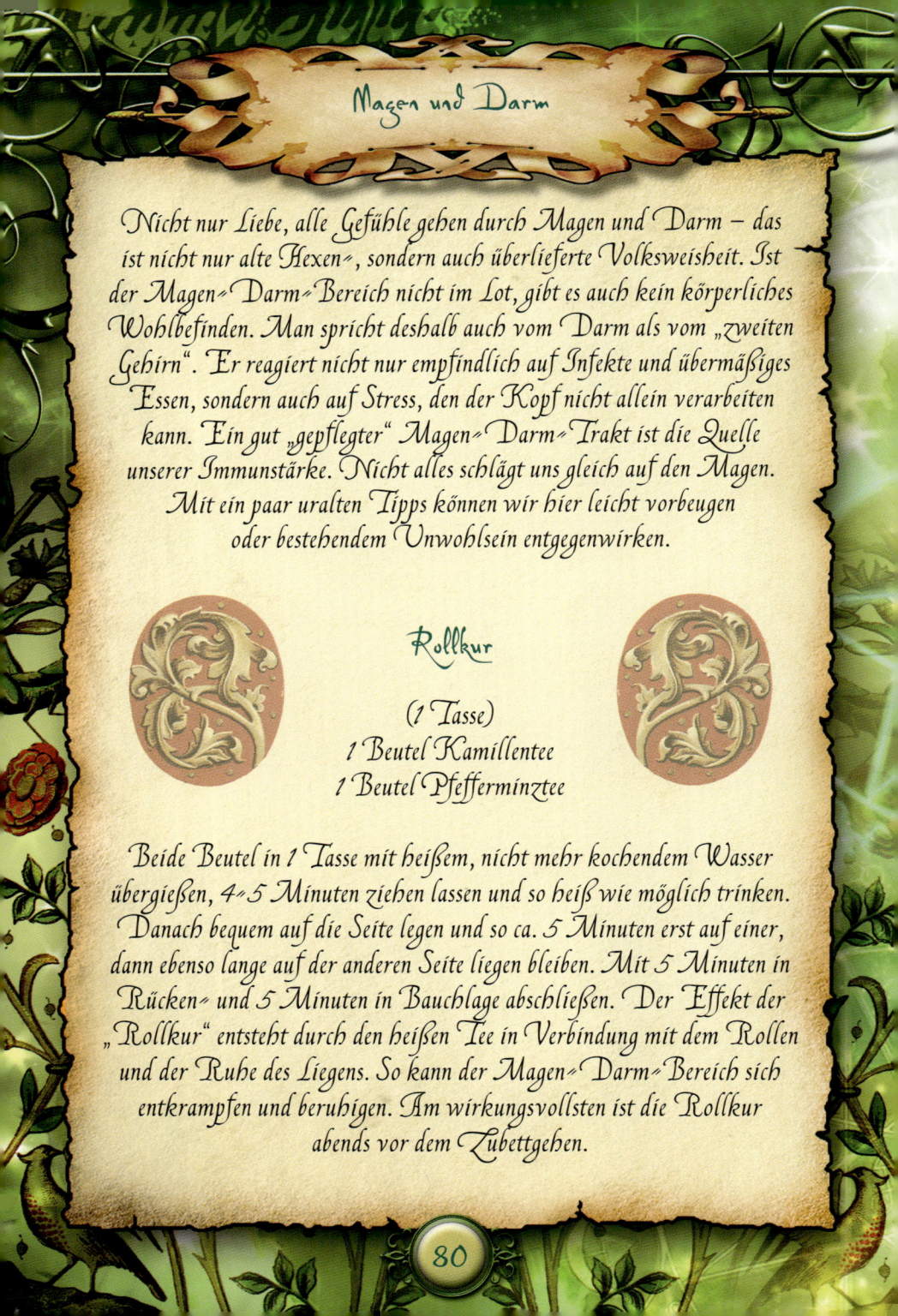

Nicht nur Liebe, alle Gefühle gehen durch Magen und Darm – das ist nicht nur alte Hexen-, sondern auch überlieferte Volksweisheit. Ist der Magen-Darm-Bereich nicht im Lot, gibt es auch kein körperliches Wohlbefinden. Man spricht deshalb auch vom Darm als vom „zweiten Gehirn". Er reagiert nicht nur empfindlich auf Infekte und übermäßiges Essen, sondern auch auf Stress, den der Kopf nicht allein verarbeiten kann. Ein gut „gepflegter" Magen-Darm-Trakt ist die Quelle unserer Immunstärke. Nicht alles schlägt uns gleich auf den Magen. Mit ein paar uralten Tipps können wir hier leicht vorbeugen oder bestehendem Unwohlsein entgegenwirken.

Rollkur

(1 Tasse)
1 Beutel Kamillentee
1 Beutel Pfefferminztee

Beide Beutel in 1 Tasse mit heißem, nicht mehr kochendem Wasser übergießen, 4-5 Minuten ziehen lassen und so heiß wie möglich trinken. Danach bequem auf die Seite legen und so ca. 5 Minuten erst auf einer, dann ebenso lange auf der anderen Seite liegen bleiben. Mit 5 Minuten in Rücken- und 5 Minuten in Bauchlage abschließen. Der Effekt der „Rollkur" entsteht durch den heißen Tee in Verbindung mit dem Rollen und der Ruhe des Liegens. So kann der Magen-Darm-Bereich sich entkrampfen und beruhigen. Am wirkungsvollsten ist die Rollkur abends vor dem Zubettgehen.

Verdauungstees

Viele magische Tees unterstützen und regen die Verdauung bei Völlegefühl nach übermäßigem Essen und Unwohlsein an. Sie wirken zugleich entkrampfend.

Oreganotee Sibylla

(2 Tassen)
1 Handvoll frischer (oder 1 TL trockener) Oregano
400 ml Wasser

Den Oregano in ein großes Glas geben und mit heißem Wasser übergießen. 10 Minuten ziehen lassen und absieben. Am besten mit Honig süßen, da Oregano einen sehr herben Geschmack entfaltet.

Magen und Darm

Lorbeertee Caesarea

(1 Tasse)
3 Lorbeerblätter
¼ l Wasser

Die Lorbeerblätter in eine Tasse geben und mit heißem Wasser übergießen. 5-6 Minuten ziehen lassen und danach die Blätter herausnehmen.

Kräutertee Brunichildis

(2 Tassen)
1 Beutel Kamillentee
1 Beutel Pfefferminztee
½ TL Kümmelsamen
300 ml Wasser

Beide Beutel mit dem Kümmelsamen in einem Topf oder einer Kanne mit dem heißen Wasser überbrühen. Mindestens 10 Minuten ziehen lassen, um die ätherischen Öle des Kümmels zu lösen. Absieben und so heiß wie möglich zu sich nehmen.

Kräutertee Heloise

(2 Tassen)
1 Beutel Schwarztee
1 Handvoll Melisse (oder 1 Beutel Melissentee)
1 TL geraspelte Fenchelwurzel (oder 1 Beutel Fencheltee)
400 ml Wasser

Tee und Kräuter mit dem Wasser in einem kleinen Topf 3 Minuten köcheln und weitere 6-7 Minuten ziehen lassen. Die Beutel entfernen und so heiß wie möglich zu sich nehmen.

Magen und Darm

Kräutertee Astarte

(2 Tassen)
1 TL geriebener Ingwer
1 Beutel Kamillentee
1 Prise Zimt
½ TL Vanillezucker
300 ml Wasser

Den Ingwer mit dem Beutel und dem Wasser in einem kleinen Topf 4 Minuten köcheln. Zimt und Vanillezucker hinzugeben und weitere 4 Minuten ziehen lassen. Absieben und so heiß wie möglich trinken.

Tipp:
Nach Geschmack geben Sie gerne mehr frische Kräuter zu den Rezepten. Zum Süßen bietet sich Honig an, da er zusätzlich beruhigend wirkt.

Verdauungshilfen

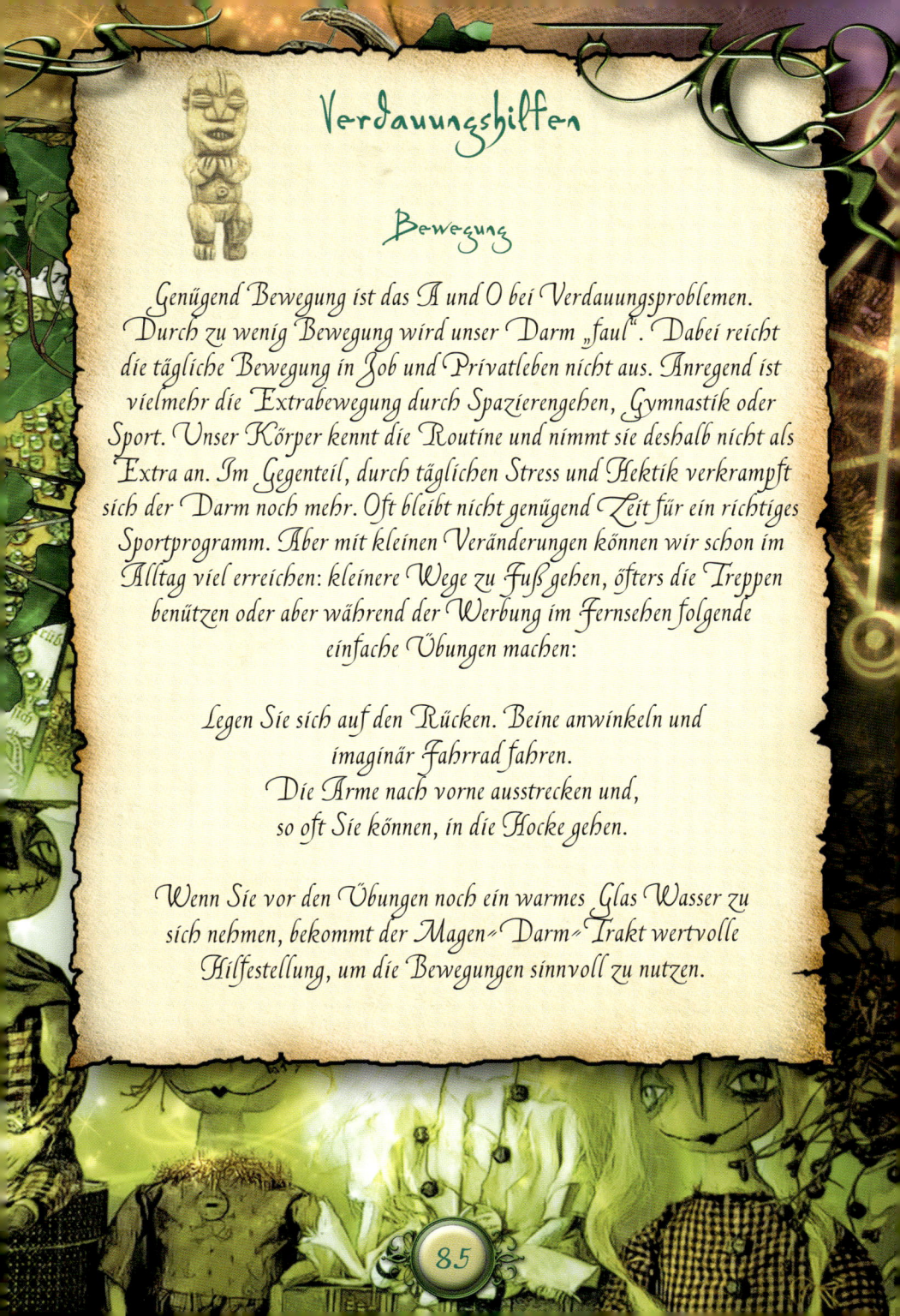

Bewegung

Genügend Bewegung ist das A und O bei Verdauungsproblemen. Durch zu wenig Bewegung wird unser Darm „faul". Dabei reicht die tägliche Bewegung in Job und Privatleben nicht aus. Anregend ist vielmehr die Extrabewegung durch Spazierengehen, Gymnastik oder Sport. Unser Körper kennt die Routine und nimmt sie deshalb nicht als Extra an. Im Gegenteil, durch täglichen Stress und Hektik verkrampft sich der Darm noch mehr. Oft bleibt nicht genügend Zeit für ein richtiges Sportprogramm. Aber mit kleinen Veränderungen können wir schon im Alltag viel erreichen: kleinere Wege zu Fuß gehen, öfters die Treppen benützen oder aber während der Werbung im Fernsehen folgende einfache Übungen machen:

Legen Sie sich auf den Rücken. Beine anwinkeln und imaginär Fahrrad fahren.
Die Arme nach vorne ausstrecken und,
so oft Sie können, in die Hocke gehen.

Wenn Sie vor den Übungen noch ein warmes Glas Wasser zu sich nehmen, bekommt der Magen-Darm-Trakt wertvolle Hilfestellung, um die Bewegungen sinnvoll zu nutzen.

Magen und Darm

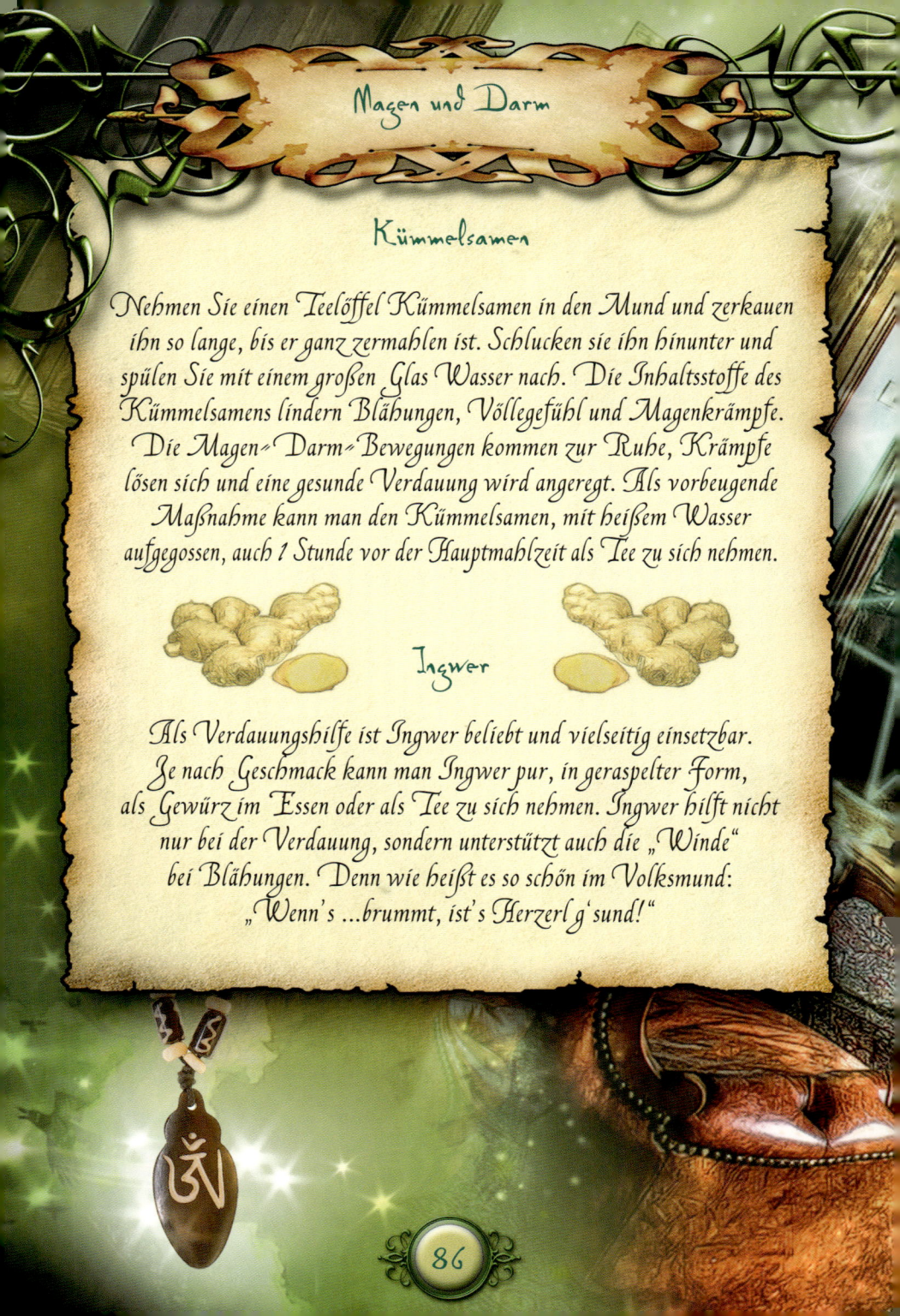

Kümmelsamen

Nehmen Sie einen Teelöffel Kümmelsamen in den Mund und zerkauen ihn so lange, bis er ganz zermahlen ist. Schlucken sie ihn hinunter und spülen Sie mit einem großen Glas Wasser nach. Die Inhaltsstoffe des Kümmelsamens lindern Blähungen, Völlegefühl und Magenkrämpfe. Die Magen-Darm-Bewegungen kommen zur Ruhe, Krämpfe lösen sich und eine gesunde Verdauung wird angeregt. Als vorbeugende Maßnahme kann man den Kümmelsamen, mit heißem Wasser aufgegossen, auch 1 Stunde vor der Hauptmahlzeit als Tee zu sich nehmen.

Ingwer

Als Verdauungshilfe ist Ingwer beliebt und vielseitig einsetzbar. Je nach Geschmack kann man Ingwer pur, in geraspelter Form, als Gewürz im Essen oder als Tee zu sich nehmen. Ingwer hilft nicht nur bei der Verdauung, sondern unterstützt auch die „Winde" bei Blähungen. Denn wie heißt es so schön im Volksmund: „Wenn's …brummt, ist's Herzerl g'sund!"

Trockenpflaumen

Ein uralter Hexenkniff: Morgens 2 Trockenpflaumen in ein Glas lauwarmes Wasser legen und nach dem Abendbrot den Saft der Pflaumen trinken, so dass er über Nacht im Magen-Darm-Trakt wirken kann und den Stuhlgang am Morgen erleichtert. Wer größere Probleme mit der Verdauung hat, kann die Pflaumen mitessen, da sie auch eingeweicht abführend wirken.

Sauerkraut

Sauerkraut ist eine starke Verdauungshilfe. Deshalb empfiehlt es sich, immer auf die Menge zu achten und es am besten in Verbindung mit abmilderndem Kümmel zu genießen. Sie können das Sauerkraut auspressen und nur den Saft trinken oder es als Mahlzeit zu sich nehmen, auch als Rohkost.

Magen und Darm

Rohkostsalat Mataswintha

(2 Portionen)
½ kleiner Krautkopf
3 Scheiben Speck
2 EL Olivenöl
1 EL Apfelessig
je 1 Prise Salz, Pfeffer
½ TL Zucker
1 TL Kümmelsamen

Schneiden Sie den Krautkopf in der Mitte durch und halbieren ihn noch einmal. Raspeln Sie die Viertel mit dem Gurkenhobel in eine Schüssel. Den Speck nach Wunsch anbraten, würfeln und dazu geben. In einer Tasse Öl, Essig, Salz, Pfeffer, Zucker und den Kümmelsamen mit 2 Esslöffeln Wasser zu einem Dressing anrühren. Über das Kraut in die Schüssel geben und sofort oder 1 Stunde durchgezogen verzehren. Das Olivenöl wird vom Kraut aufgesogen und dadurch bekömmlicher.

Süppchen und Gebräu

Grizeldas Magenwohlsuppe

(1 großer Kessel)
1 kg Kartoffeln
4 Möhren
1 große Sellerieknolle
2 Zwiebeln
4 mittlere Tomaten
1 Bund Petersilie
1 TL Kümmelsamen
1 Prise Muskat
1 EL Pfefferkörner
1 Lorbeerblatt
1 EL geriebener Ingwer

Kartoffeln, Möhren, Sellerie und Zwiebeln schälen und in Würfel schneiden, Tomaten waschen und vierteln. Die Petersilie waschen und klein schneiden. Alles in einen großen Topf geben und mit Wasser bedecken. Die Gewürze dazu geben, ½ Stunde köcheln – aber nicht salzen! Über den Tag verteilt 2–3 Teller zu sich nehmen.

Magen und Darm

Hecubas Spezialwein

(1 Flasche)
100 g Kümmelsamen
1 Flasche Weißwein

Den Wein mit dem Kümmel in einem Topf aufkochen, heiß absieben und zurück in die Flasche füllen. Diese 1 Woche an einen kühlen, dunklen Platz stellen und täglich gut durchschütteln. Vor schweren Mahlzeiten ein Glas als Verdauungshilfe trinken. Bitte bedenken Sie: Alkohol sollte nur in Maßen getrunken werden.

Digestif Azucena

(1 Literflasche)
700 ml Wodka (38%)
2 EL Kümmelsamen
1 TL geriebener Ingwer
1 TL Fenchelsamen
(oder 1 Beutel Fencheltee)
2 EL Kandis

Den Wodka mit einem Trichter in eine Literflasche füllen, Kümmelsamen, Ingwer, Fenchelsamen und Zucker dazu geben und die Flasche gut verschlossen 6–7 Wochen ziehen lassen. Alle paar Tage kräftig durchschütteln. Danach absieben und zurück in die Flasche füllen. Dieser Verdauungsschnaps ist wie jeder hochprozentige Alkohol in Maßen zu genießen.

Gewürzschnaps Jahannom

(1 Literflasche)
1 Beutel Fencheltee
4 Gewürznelken
½ TL geriebener Muskat
½ TL Zimt
700 ml Brandwein (mind. 30%)

Zubereitung wie Digestif Azucena.

Succubus' Fegefeuer

(1 Literflasche)
5 Knoblauchzehen
1 EL geriebener Ingwer
2 Beutel Pfefferminztee

Den Knoblauch schälen und halbieren, weitere Zubereitung wie Digestif Azucena.

Magen und Darm

Durchfall

Wer bei akutem Durchfall nicht gleich zu stark hemmenden Durchfall-Medikamenten greifen möchte, für den wissen kräuterkundige Frauen seit alters Abhilfe mit einfachen, wohl gehüteten Hausmitteln.

Banane
1 Banane mit der Gabel zerdrücken und mit 2 Esslöffeln Haferflocken mischen.

Möhren
6 Möhren mit 1 Prise Salz 15 Minuten kochen und pürieren.

Apfel-Möhre
1 Apfel und 2 Möhren raspeln und mit einem Spritzer Zitronensaft verfeinern.

Apfel
1 Apfel reiben und mit 1 Teelöffel Muskat würzen.

Ingwer-Knoblauch

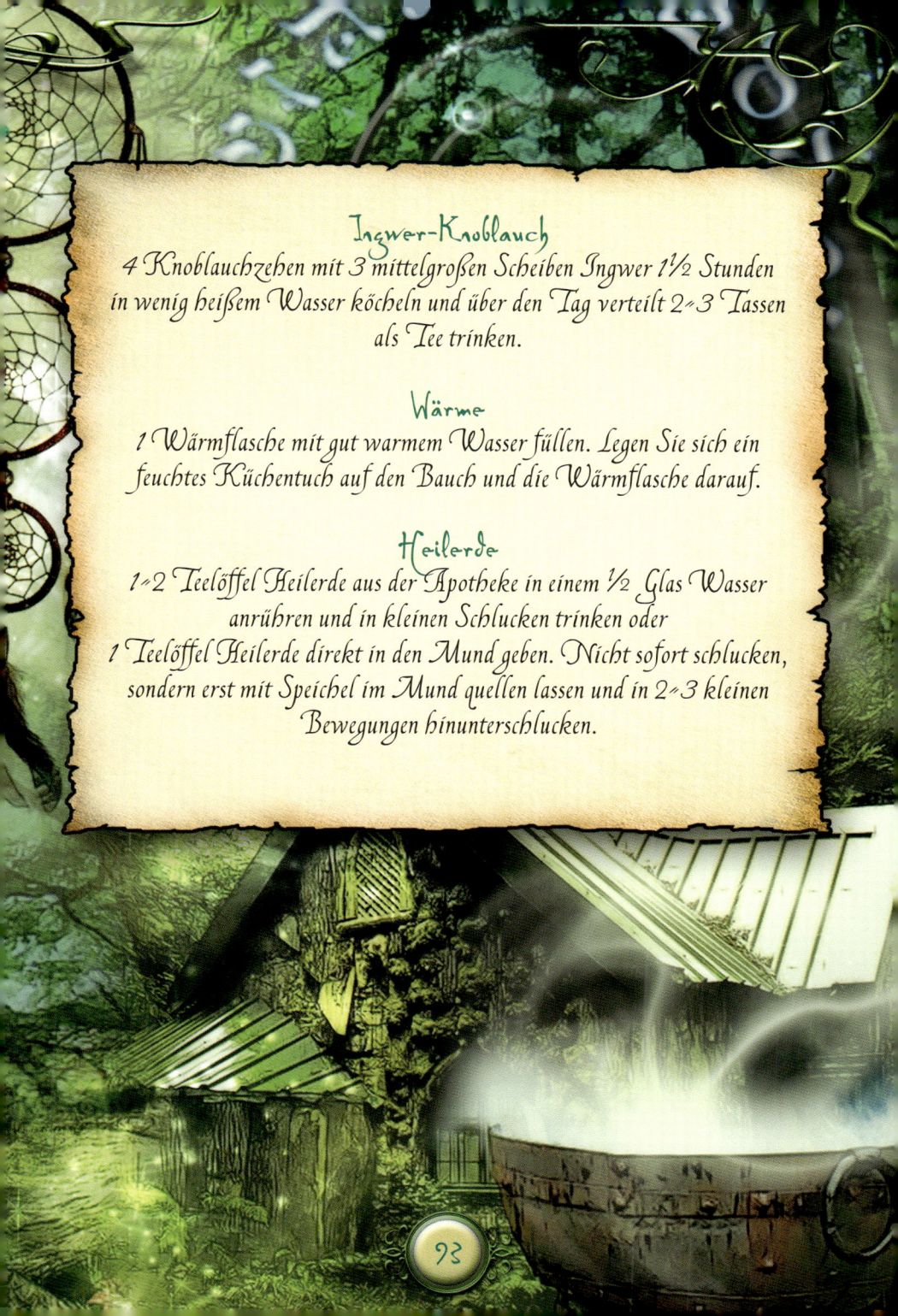

4 Knoblauchzehen mit 3 mittelgroßen Scheiben Ingwer 1½ Stunden in wenig heißem Wasser köcheln und über den Tag verteilt 2-3 Tassen als Tee trinken.

Wärme

1 Wärmflasche mit gut warmem Wasser füllen. Legen Sie sich ein feuchtes Küchentuch auf den Bauch und die Wärmflasche darauf.

Heilerde

1-2 Teelöffel Heilerde aus der Apotheke in einem ½ Glas Wasser anrühren und in kleinen Schlucken trinken oder
1 Teelöffel Heilerde direkt in den Mund geben. Nicht sofort schlucken, sondern erst mit Speichel im Mund quellen lassen und in 2-3 kleinen Bewegungen hinunterschlucken.

Magen und Darm

Tees

Durchfall-Stopp- und Magenwohltees lassen sich aus folgenden Kräutlein brühen:

- Bohnenkraut
- Brombeerblätter
- Himbeerblätter
- Johanniskraut
- Kamille
- Melisse
- Pfefferminze

Von diesen Tees sollten Sie jeweils mindestens 2-3 Tassen über den Tag zu sich nehmen.

Tipp:

Generell gilt bei Durchfall: Trinken Sie deutlich mehr als üblich. Es gibt immer einen Grund, warum der Durchfall „durchputzt". Deshalb sollten wir diesen Vorgang mit viel Flüssigkeit unterstützen und den dadurch entstehenden Flüssigkeitsmangel ausgleichen. Dies gilt für akuten Durchfall, der nicht länger als 2-3 Tage dauern sollte. Bei längerem Durchfall bitte einen Arzt konsultieren.

Gesundes Leben mit gesunder Verdauung

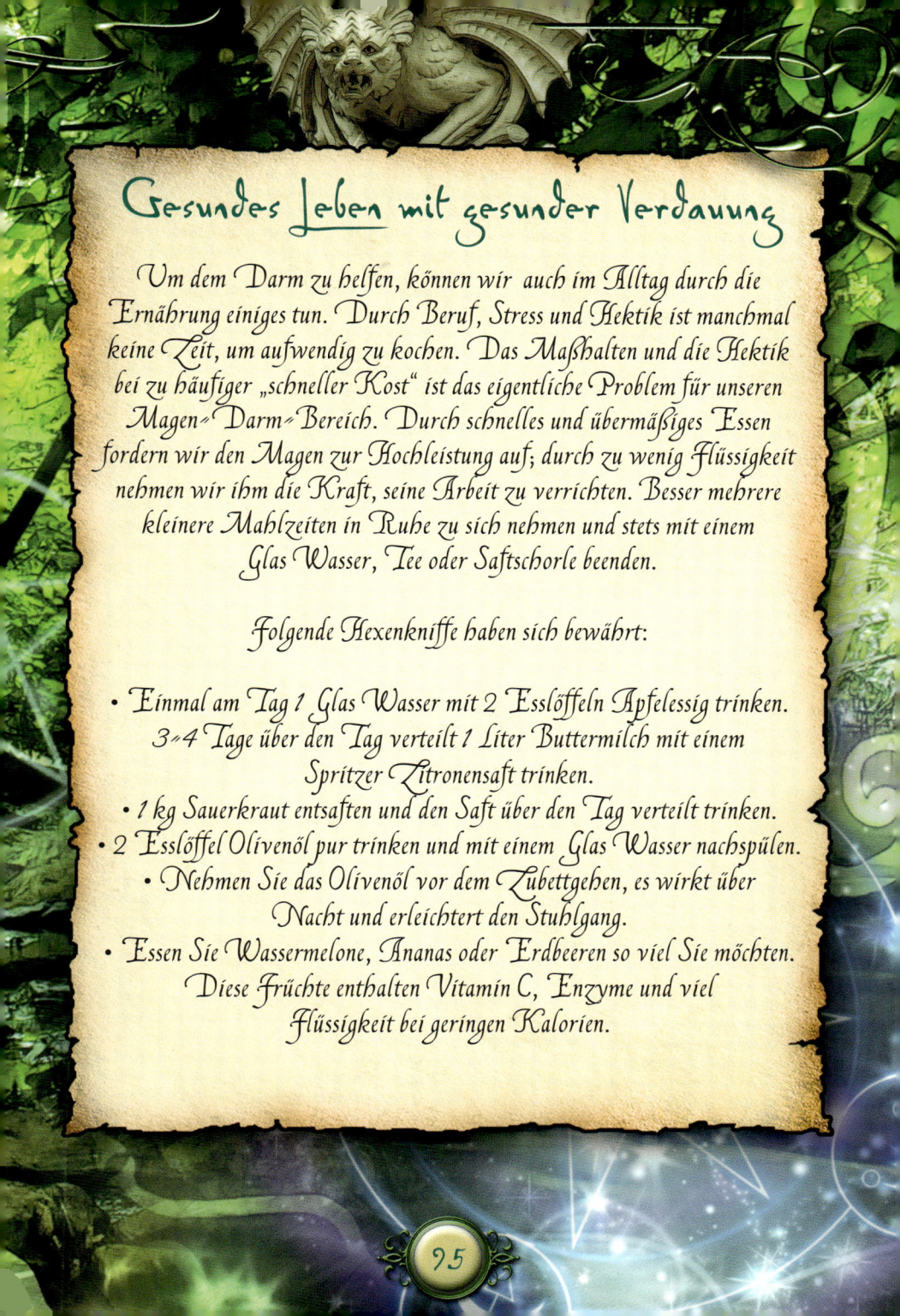

Um dem Darm zu helfen, können wir auch im Alltag durch die Ernährung einiges tun. Durch Beruf, Stress und Hektik ist manchmal keine Zeit, um aufwendig zu kochen. Das Maßhalten und die Hektik bei zu häufiger „schneller Kost" ist das eigentliche Problem für unseren Magen-Darm-Bereich. Durch schnelles und übermäßiges Essen fordern wir den Magen zur Hochleistung auf; durch zu wenig Flüssigkeit nehmen wir ihm die Kraft, seine Arbeit zu verrichten. Besser mehrere kleinere Mahlzeiten in Ruhe zu sich nehmen und stets mit einem Glas Wasser, Tee oder Saftschorle beenden.

Folgende Hexenkniffe haben sich bewährt:

- Einmal am Tag 1 Glas Wasser mit 2 Esslöffeln Apfelessig trinken. 3-4 Tage über den Tag verteilt 1 Liter Buttermilch mit einem Spritzer Zitronensaft trinken.
- 1 kg Sauerkraut entsaften und den Saft über den Tag verteilt trinken.
- 2 Esslöffel Olivenöl pur trinken und mit einem Glas Wasser nachspülen.
- Nehmen Sie das Olivenöl vor dem Zubettgehen, es wirkt über Nacht und erleichtert den Stuhlgang.
- Essen Sie Wassermelone, Ananas oder Erdbeeren so viel Sie möchten. Diese Früchte enthalten Vitamin C, Enzyme und viel Flüssigkeit bei geringen Kalorien.

Haut und Wundheilung

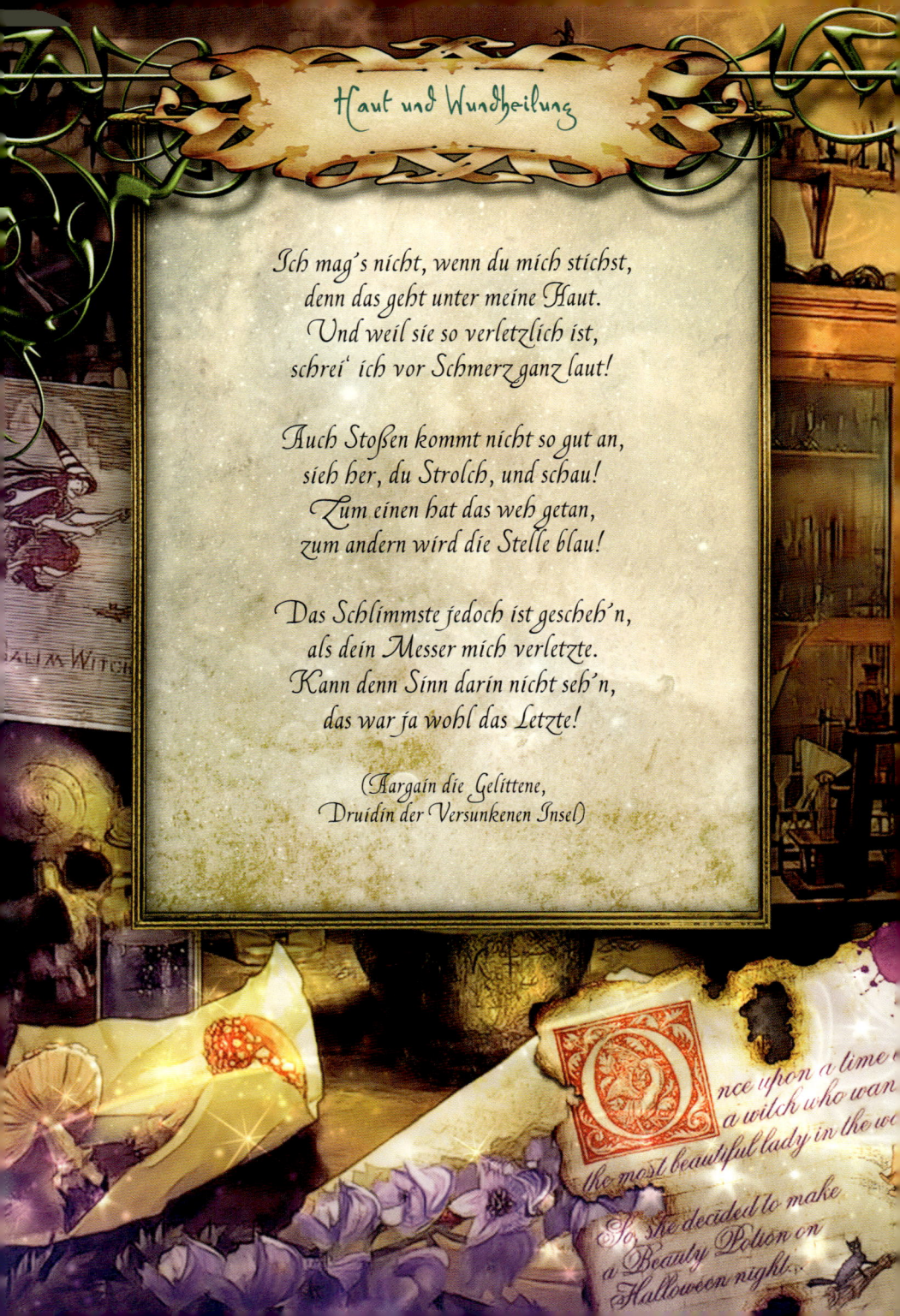

Ich mag's nicht, wenn du mich stichst,
denn das geht unter meine Haut.
Und weil sie so verletzlich ist,
schrei' ich vor Schmerz ganz laut!

Auch Stoßen kommt nicht so gut an,
sieh her, du Strolch, und schau!
Zum einen hat das weh getan,
zum andern wird die Stelle blau!

Das Schlimmste jedoch ist gescheh'n,
als dein Messer mich verletzte.
Kann denn Sinn darin nicht seh'n,
das war ja wohl das Letzte!

*(Aargain die Gelittene,
Druidin der Versunkenen Insel)*

ermolene
Aseptic Ointment
SOOTHING AND HEALING
Valuable as an Emollient, Embrocation, or Skin Dressing.
SEE BASE OF TIN FOR DIRECTIONS
ANTIFURF
POMAD
An agreeable
CURE for
or dandriff
and for
THE GROWTH
T. P. PALM
Chemist
HOLY
285
16

Haut und Wundheilung

Es gibt viele Möglichkeiten, der Haut Gutes zu tun, sei es zur Pflege, Heilung oder Vorbeugung. Eine gepflegte Haut spiegelt auch unser Wohlbefinden wider. Deshalb sollten wir uns die Zeit dazu nehmen und die Anwendungen gleichzeitig als „Auszeit" vom Alltag nutzen. Sie eignen sich in erster Linie zur Vorbeugung, sind aber auch bei Hautproblemen wohltuend. Bei ernsthaften Problemen bitte einen Arzt konsultieren.

Bäder

Ein Vollbad mit „extra" Zutaten hilft der Haut nicht nur, Feuchtigkeit aufzunehmen, sondern auch, sich zu regenerieren und zu heilen. Gerade für empfindliche Haut sind selbst hergestellte Badezusätze ideal, da man sie individuell auf sich abstimmen kann, je nachdem, was die Haut benötigt.

Entspannungsbad Zenobia

5 Beutel Kamillentee
¼ l Vollmilch
200 g Sauerrahm

Geben Sie den Tee in einen Topf mit ½ Liter heißem Wasser und köcheln Sie ihn ca. 15 Minuten. Danach vom Herd nehmen und mit dem Schneebesen Milch und Rahm unterrühren. Beiseite stellen, bis die Badewanne eingelaufen ist und erst kurz, bevor Sie in die Badewanne steigen, hineingeben.

Haut und Wundheilung

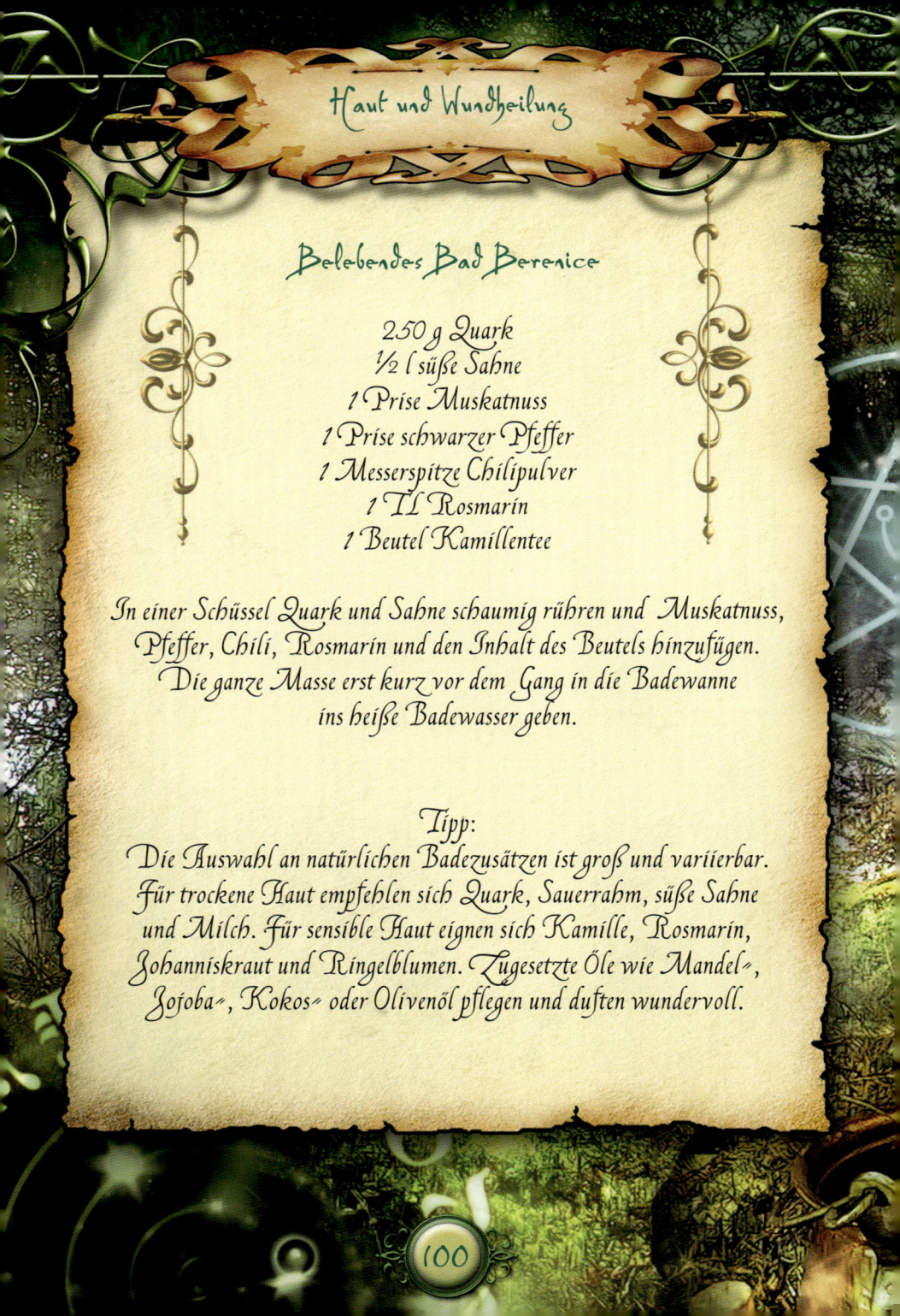

Belebendes Bad Berenice

250 g Quark
½ l süße Sahne
1 Prise Muskatnuss
1 Prise schwarzer Pfeffer
1 Messerspitze Chilipulver
1 TL Rosmarin
1 Beutel Kamillentee

In einer Schüssel Quark und Sahne schaumig rühren und Muskatnuss, Pfeffer, Chili, Rosmarin und den Inhalt des Beutels hinzufügen. Die ganze Masse erst kurz vor dem Gang in die Badewanne ins heiße Badewasser geben.

Tipp:

Die Auswahl an natürlichen Badezusätzen ist groß und variierbar. Für trockene Haut empfehlen sich Quark, Sauerrahm, süße Sahne und Milch. Für sensible Haut eignen sich Kamille, Rosmarin, Johanniskraut und Ringelblumen. Zugesetzte Öle wie Mandel-, Jojoba-, Kokos- oder Olivenöl pflegen und duften wundervoll.

Öle

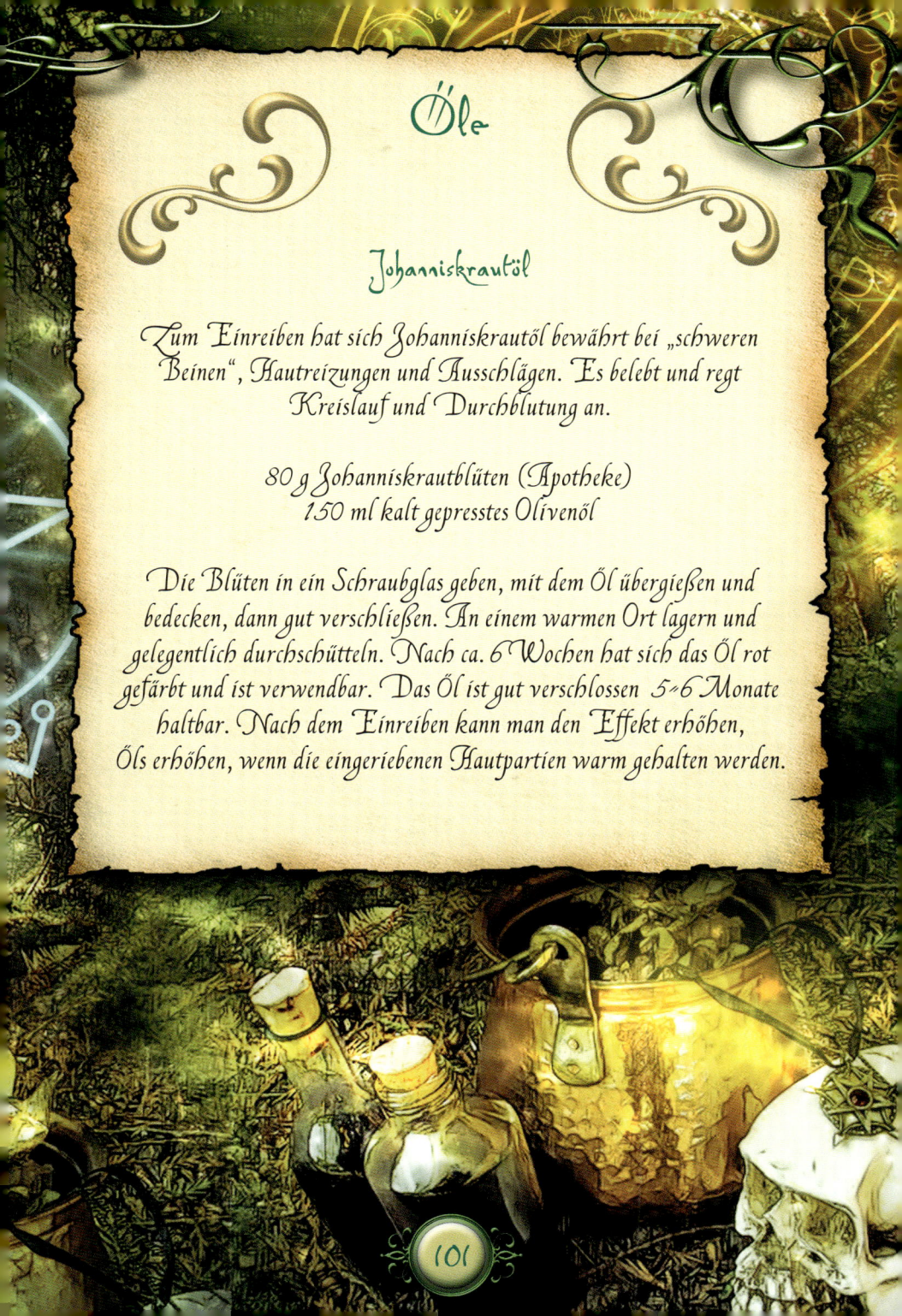

Johanniskrautöl

Zum Einreiben hat sich Johanniskrautöl bewährt bei „schweren Beinen", Hautreizungen und Ausschlägen. Es belebt und regt Kreislauf und Durchblutung an.

80 g Johanniskrautblüten (Apotheke)
150 ml kalt gepresstes Olivenöl

Die Blüten in ein Schraubglas geben, mit dem Öl übergießen und bedecken, dann gut verschließen. An einem warmen Ort lagern und gelegentlich durchschütteln. Nach ca. 6 Wochen hat sich das Öl rot gefärbt und ist verwendbar. Das Öl ist gut verschlossen 5-6 Monate haltbar. Nach dem Einreiben kann man den Effekt erhöhen, Öls erhöhen, wenn die eingeriebenen Hautpartien warm gehalten werden.

Haut und Wundheilung

Kamillen-Rosmarin-Öl

Kamille fördert innerlich wie äußerlich die Heilung von Entzündungen. Sie wirkt entkrampfend und stabilisiert den Kreislauf, was durch Rosmarin unterstützt wird.

(½ Liter)
20 g getrocknete Kamillenblüten
20 g getrockneter Rosmarin
½ l kalt gepresstes Olivenöl
1 Glasflasche mit Verschluss

In einem Topf das Öl erwärmen (nicht kochen) und nach und nach Kamillenblüten und Rosmarin dazugeben, bis alles mit Öl bedeckt ist. Unter leichtem Rühren 30-40 Minuten mehr ziehen als köcheln lassen. Das noch warme Öl filtern, in die Glasflasche geben und gut verschließen. Das abgekühlte Öl ist gleich verwendbar. Gut verschlossen und dunkel gelagert, hält es sich 2 Monate. Durch das Einreiben mit Öl werden Durchblutung wie auch Kreislauf angeregt.

Salben

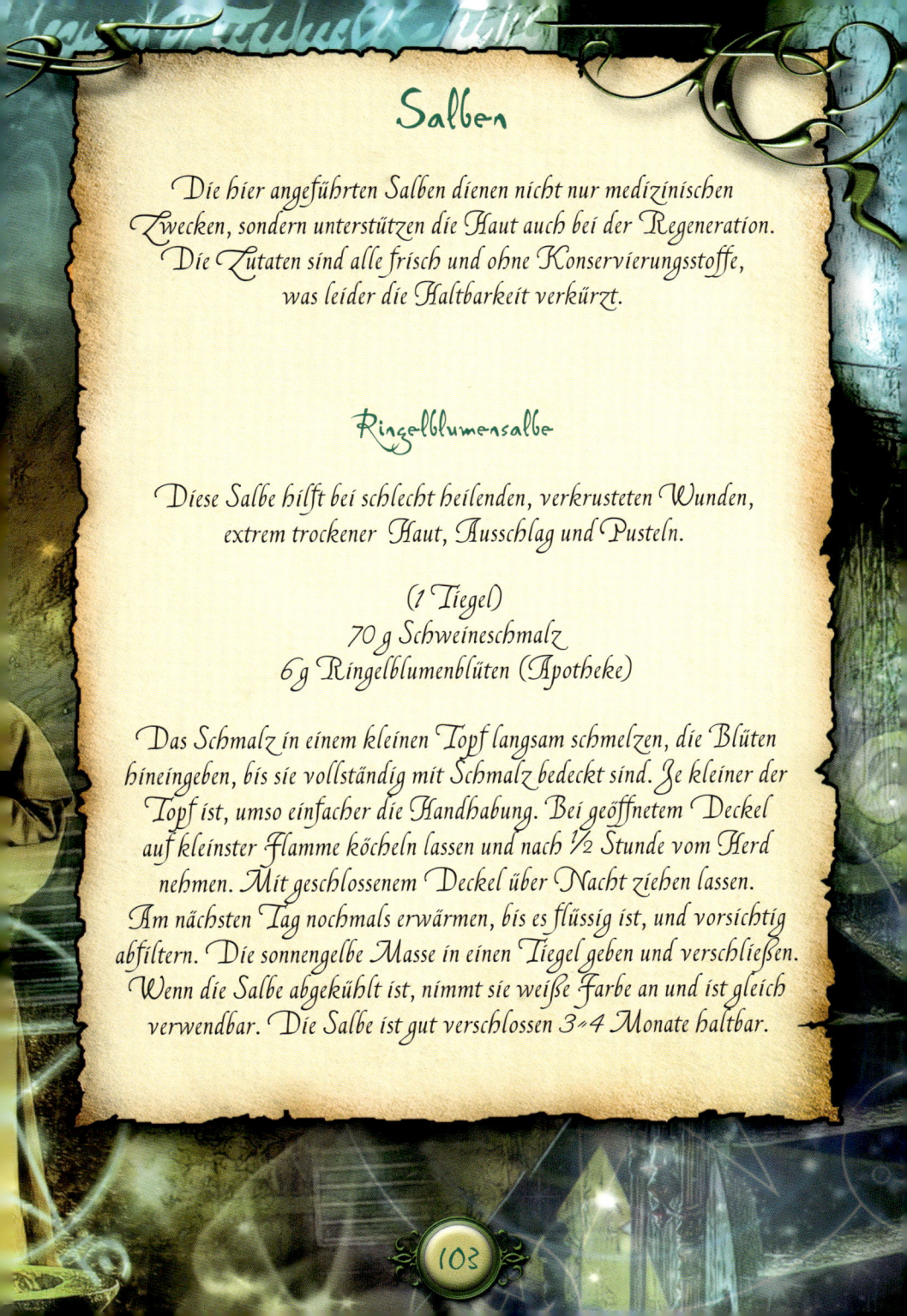

Die hier angeführten Salben dienen nicht nur medizinischen Zwecken, sondern unterstützen die Haut auch bei der Regeneration. Die Zutaten sind alle frisch und ohne Konservierungsstoffe, was leider die Haltbarkeit verkürzt.

Ringelblumensalbe

Diese Salbe hilft bei schlecht heilenden, verkrusteten Wunden, extrem trockener Haut, Ausschlag und Pusteln.

(1 Tiegel)
70 g Schweineschmalz
6 g Ringelblumenblüten (Apotheke)

Das Schmalz in einem kleinen Topf langsam schmelzen, die Blüten hineingeben, bis sie vollständig mit Schmalz bedeckt sind. Je kleiner der Topf ist, umso einfacher die Handhabung. Bei geöffnetem Deckel auf kleinster Flamme köcheln lassen und nach ½ Stunde vom Herd nehmen. Mit geschlossenem Deckel über Nacht ziehen lassen. Am nächsten Tag nochmals erwärmen, bis es flüssig ist, und vorsichtig abfiltern. Die sonnengelbe Masse in einen Tiegel geben und verschließen. Wenn die Salbe abgekühlt ist, nimmt sie weiße Farbe an und ist gleich verwendbar. Die Salbe ist gut verschlossen 3–4 Monate haltbar.

Haut und Wundheilung

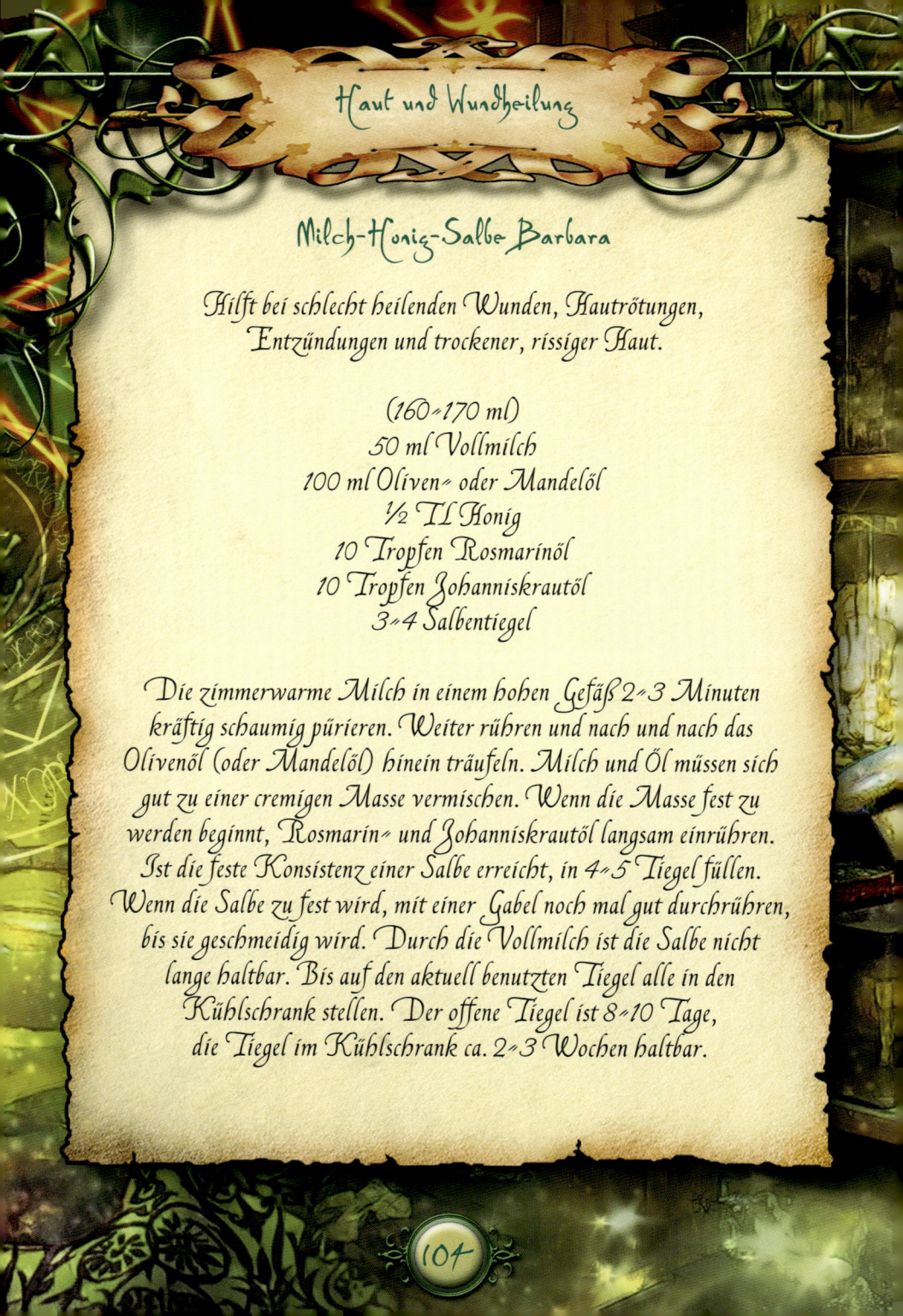

Milch-Honig-Salbe Barbara

Hilft bei schlecht heilenden Wunden, Hautrötungen, Entzündungen und trockener, rissiger Haut.

(160–170 ml)
50 ml Vollmilch
100 ml Oliven- oder Mandelöl
½ TL Honig
10 Tropfen Rosmarinöl
10 Tropfen Johanniskrautöl
3–4 Salbentiegel

Die zimmerwarme Milch in einem hohen Gefäß 2–3 Minuten kräftig schaumig pürieren. Weiter rühren und nach und nach das Olivenöl (oder Mandelöl) hinein träufeln. Milch und Öl müssen sich gut zu einer cremigen Masse vermischen. Wenn die Masse fest zu werden beginnt, Rosmarin- und Johanniskrautöl langsam einrühren. Ist die feste Konsistenz einer Salbe erreicht, in 4–5 Tiegel füllen. Wenn die Salbe zu fest wird, mit einer Gabel noch mal gut durchrühren, bis sie geschmeidig wird. Durch die Vollmilch ist die Salbe nicht lange haltbar. Bis auf den aktuell benutzten Tiegel alle in den Kühlschrank stellen. Der offene Tiegel ist 8–10 Tage, die Tiegel im Kühlschrank ca. 2–3 Wochen haltbar.

Honig-Meerrettich-Salbe Thalys

Diese Salbe wirkt antibakteriell,
entzündungshemmend und schmerzlindernd.

(mehrere Tiegel)
½ frischer Meerrettich
9 EL naturtrüber Honig

Den Meerrettich waschen, schälen und mit einer Käsereibe in eine Schüssel reiben. Mit einem Mörser (oder Fleischklopfer) den Meerrettich solange bearbeiten, bis sich der Saft löst. 1½ Esslöffel dieses Safts mit dem Honig zu einer geschmeidigen Masse verrühren. Die frisch hergestellte Honigsalbe ist gleich verwendbar und im Kühlschrank 10-14 Tage haltbar. Wahlweise kann der Meerrettichsaft durch den Saft von 4 großen Knoblauchzehen ersetzt werden.

Haut und Wundheilung

Gesichtspflege

Im Gesicht zeigen wir unseren Mitmenschen nicht nur unsere Gefühle, sonder auch, wie es uns körperlich geht. Ein bleiches, farbloses Gesicht wird nie so strahlend lächeln wie ein gut gepflegtes. Mit ein paar einfachen Anwendungen können wir uns auch selbst zum Lächeln bringen.

Peelings

Nach dem Waschen des Gesichts kann man ca. alle 2 Wochen der Gesichtshaut ein Peeling gönnen. Zum natürlichen Gesichts-Peeling eignen sich mehrere Zutaten, die meist in der Küche zu finden sind. Ein Gesichts-Peeling sollte immer in leicht kreisenden Bewegungen eingearbeitet werden, ohne große Kraftanstrengung, die der Haut nur unnötig schadet. Ein Peeling ist meist nur eine zähe, grobe Paste, die die Haut mit Nährstoffen versorgt und durch ihre groben Bestandteile alte Hautschuppen löst, so dass neue, frische Hautporen zum Vorschein kommen.

Folgende Peelings haben sich bewährt:

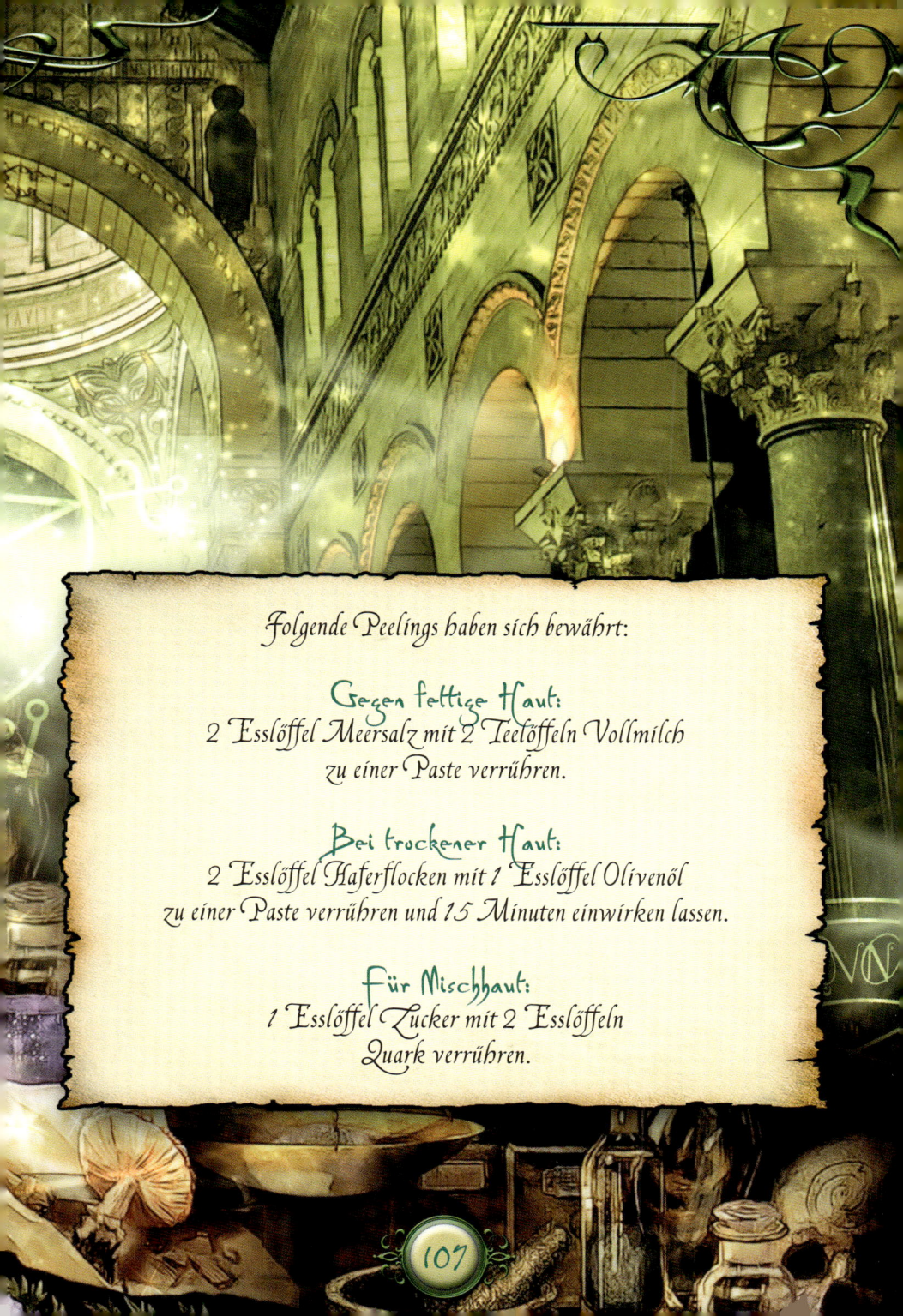

Gegen fettige Haut:
2 Esslöffel Meersalz mit 2 Teelöffeln Vollmilch
zu einer Paste verrühren.

Bei trockener Haut:
2 Esslöffel Haferflocken mit 1 Esslöffel Olivenöl
zu einer Paste verrühren und 15 Minuten einwirken lassen.

Für Mischhaut:
1 Esslöffel Zucker mit 2 Esslöffeln
Quark verrühren.

Haut und Wundheilung

Masken

Gesichtsmasken dienen nicht nur der Entspannung der Haut vom Stress. Sie helfen auch bei der Erneuerung der Hautschuppen und beruhigen die Poren. Die Anwendung eignet sich am Abend, damit die Haut über Nacht Zeit zum „Ruhen" hat.

Maske für grobporige Haut

2 Möhren
1 Spritzer Zitronensaft
½ Becher Sauerrahm
125 g Quark

Die Möhren schälen, raspeln und mit dem Zitronensaft in eine Schüssel geben. Den Rahm hinzufügen und gut verrühren. So viel Quark verwenden, dass eine zähe Masse entsteht. Die Mischung 10 Minuten stehen lassen, bevor sie auf die Gesichtspartien aufgetragen wird. Vorsichtig um die Augenpartien auftragen, 15-20 Minuten einwirken lassen und mit warmem Wasser sorgfältig abwaschen.

Maske für fettige Haut

150 g Sauerkraut (frisch oder aus der Dose)
250 g Magerquark

Den Saft aus dem Kraut drücken oder das Kraut im Sieb abtropfen lassen und den Saft auffangen. Das Sauerkraut in eine Schüssel geben und mit einem Esslöffel solange Quark dazu geben, bis eine zähe Masse entsteht. Am besten tragen Sie die Masse mit den Fingern auf Stirn, Nase Wangen und Kinnpartie auf. Achten Sie bitte darauf, die Augen und die Mundpartie großzügig frei zu lassen. 20 Minuten einwirken lassen und sorgfältig mit warmem Wasser abwaschen.

Haut und Wundheilung

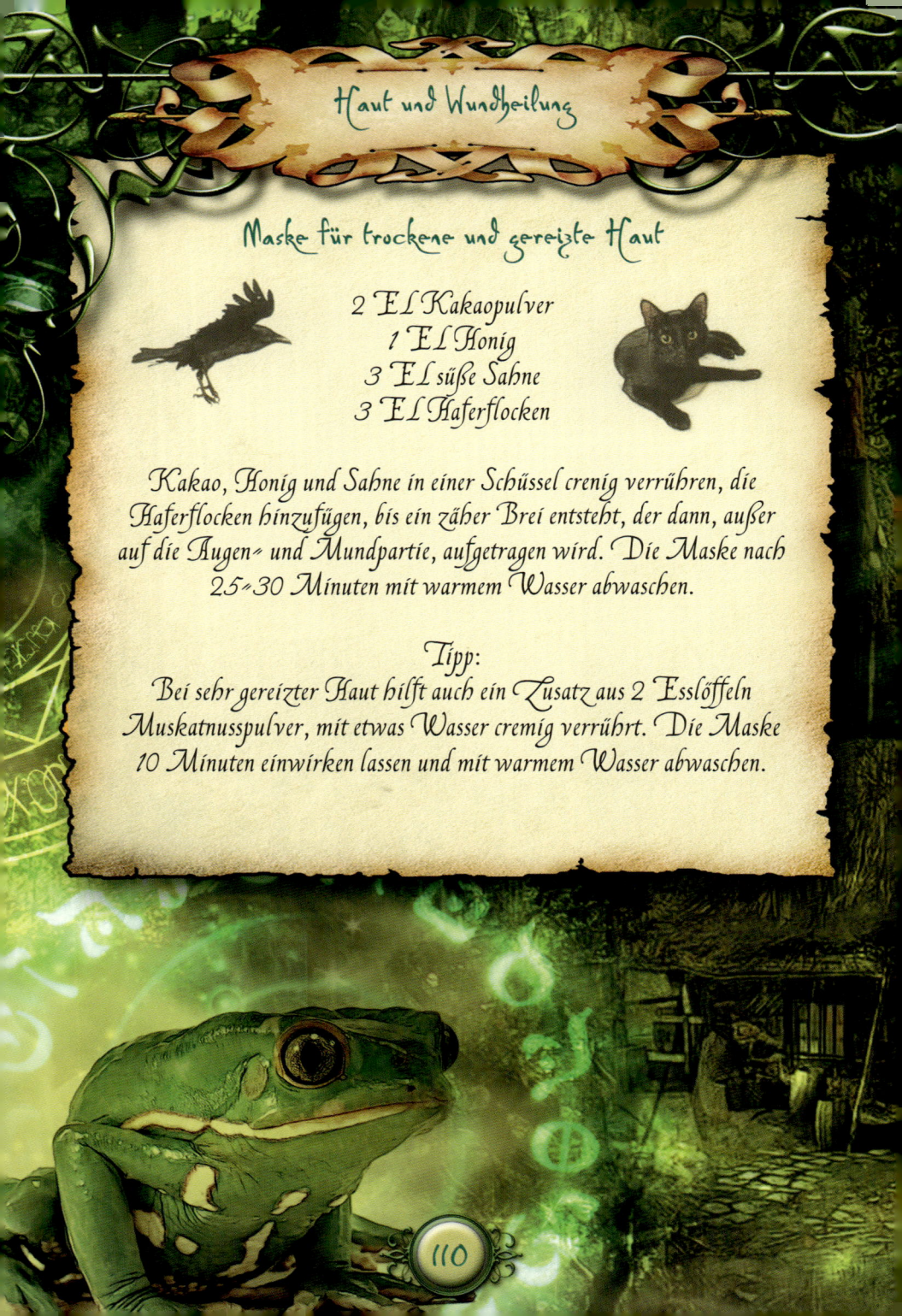

Maske für trockene und gereizte Haut

2 EL Kakaopulver
1 EL Honig
3 EL süße Sahne
3 EL Haferflocken

Kakao, Honig und Sahne in einer Schüssel cremig verrühren, die Haferflocken hinzufügen, bis ein zäher Brei entsteht, der dann, außer auf die Augen- und Mundpartie, aufgetragen wird. Die Maske nach 25-30 Minuten mit warmem Wasser abwaschen.

Tipp:

Bei sehr gereizter Haut hilft auch ein Zusatz aus 2 Esslöffeln Muskatnusspulver, mit etwas Wasser cremig verrührt. Die Maske 10 Minuten einwirken lassen und mit warmem Wasser abwaschen.

Maske für reife Haut

1 kleine Banane
2 EL Sauerrahm
1 EL Honig
1 EL Mehl (auch Vollkornmehl)

Die Banane schälen, mit einer Gabel gut zerdrücken und in eine Schüssel geben. Den Honig und den Rahm hinzufügen und cremig rühren. Das Mehl beifügen. Wenn die Masse durch das Mehl zu dick geworden ist, mit Wasser verdünnen. Die Maske großzügig auf dem Gesicht verteilen, bis auf Mund und Augenpartie, 25-30 Minuten einwirken lassen und mit warmem Wasser abwaschen.

Haut und Wundheilung

Gesichtswasser Ortygia

Mit einem einfach hergestellten Gesichtswasser bringen Sie die Haut frisch zum Strahlen.

(1 Halbliterflasche)
1 frischer Meerrettich
½ l Apfelessig
1 Flasche mit Plastikverschluss

Den Meerrettich waschen, schälen und durch die grobe Seite der Käseraspel reiben. Mit einem Teelöffel in die Flasche geben und mit Apfelessig auffüllen, so dass der Meerrettich vollständig bedeckt ist. In den Plastikverschluss mit einem Schaschlikspieß 4–5 kleine Löcher stechen, damit Luft entweichen kann. Bei Zimmertemperatur 8–10 Tage stehen lassen, ab und zu vorsichtig etwas bewegen. Der Meerrettich und die Essigsäure neutralisieren ihre Schärfe; es entsteht ein mildes Gesichtswasser. Die angesetzte Essenz ist im Kühlschrank ca. 2 Monate haltbar.

Hautkur-Tees

Tee führt der Haut viel Flüssigkeit zu. Äußerlich angewendet, dienen verschiedene Kräutertees der Desinfektion, Wundheilung und Schmerzlinderung bei nässendem Ausschlag und Pusteln.

Die Anwendung ist immer die gleiche:

1 Tasse Tee mit kochendem Wasser zubereiten und abkühlen lassen. Wer lieber frische Kräuter benützen möchte, sollte zum Filtern einen Kaffeefilter verwenden, der durch Falten zum Beutel wird. Diesen ausdrücken und als Kompresse direkt auf der betroffenen Gesichtspartie anwenden.

Hierfür eignen sich folgende Kräutlein:

- Fenchel
- Kamille
- Lindenblüten
- Ringelblume

Was gut für die Gesichtshaut ist, tut auch der ganzen Körperhaut wohl. Deshalb kann man ohne weiteres eine starke Tasse Tee (doppelte Menge an Kräutern wie zum Trinken oder 2 Teebeutel) aufbrühen und einfach zum Badewasser geben.

Männer- und Frauenleiden

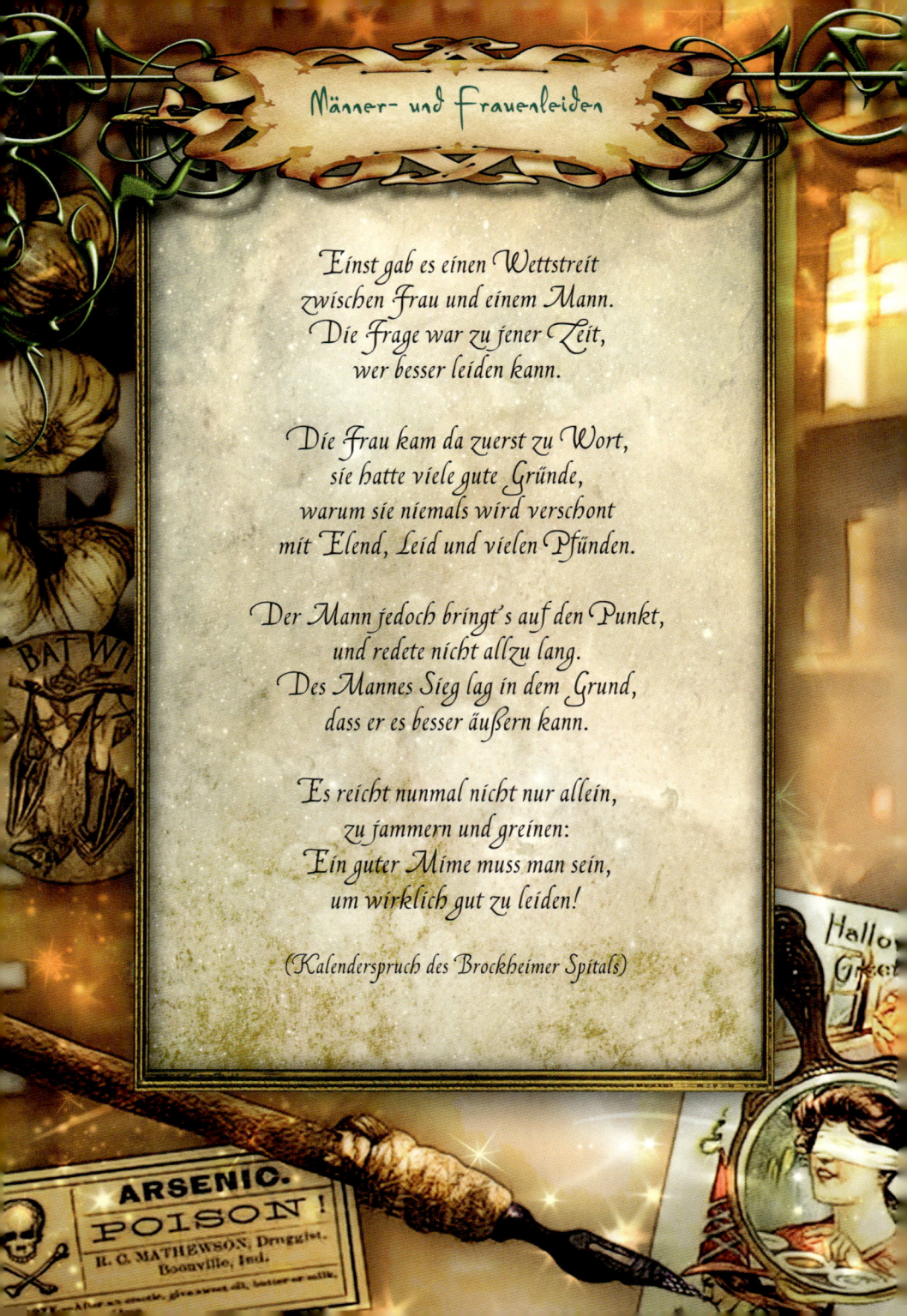

Einst gab es einen Wettstreit
zwischen Frau und einem Mann.
Die Frage war zu jener Zeit,
wer besser leiden kann.

Die Frau kam da zuerst zu Wort,
sie hatte viele gute Gründe,
warum sie niemals wird verschont
mit Elend, Leid und vielen Pfünden.

Der Mann jedoch bringt's auf den Punkt,
und redete nicht allzu lang.
Des Mannes Sieg lag in dem Grund,
dass er es besser äußern kann.

Es reicht nunmal nicht nur allein,
zu jammern und greinen:
Ein guter Mime muss man sein,
um wirklich gut zu leiden!

(Kalenderspruch des Brockheimer Spitals)

Hallowe'en

Männer- und Frauenleiden

Männer kommen zwar vom Mars und Frauen von der Venus. Aber bei den so genannten Frauenleiden sind sie einander gar nicht so unähnlich.

Haarausfall

Bei erblich bedingtem Haarausfall oder Haarausfall in und nach der Schwangerschaft werden viele „Wundermittel" versprochen, die aber leider meist nicht helfen. Doch nach gutem Hexenbrauch wirken einfache Hausmittelchen manchmal wirklich Wunder – und sei es vorbeugend.

Medusa's Secret

(1 Haarwäsche)
200 g Brennnesselwurzel (Reformhaus)
200 ml Apfelessig

Die Wurzel mit Essig und 200 ml Wasser in einem Topf ½ Stunde kochen. Die Brennnesselwurzel herausnehmen und den Sud in eine Glasflasche füllen. Reiben Sie dreimal wöchentlich, am besten abends, damit die Kopfhaut ein. Nehmen Sie jeweils eine halbe Handvoll nur für den Haaransatz, dies muss nicht mehr ausgewaschen werden. Diese Lotion kann man auch großzügiger fürs ganze Haar verwenden; anschließend gründlich auswaschen.

Männer- und Frauenleiden

Hermiones Nachtzauber

(1 Anwendung)
1 Zwiebel
2 EL Honig

Schälen Sie die Zwiebel, schneiden sie in feine Würfel und geben Sie den Honig darüber. Diese Mischung wird als Haarpackung über Nacht verwendet. Nachdem Sie die Mischung leicht in die Kopfhaut einmassiert haben, das Ganze gut fixieren. Am besten zuerst in ein Handtuch wickeln, darüber ein Badehandtuch und dieses (mit Haarnadeln o.ä.) befestigen. Legen Sie sich ein Handtuch übers Kopfkissen. Am nächsten Tag gut ausspülen.
Diesen „Nachtwickel" können Sie auch mit 2 Esslöffeln Olivenöl und etwas Zitronensaft anwenden. Olivenöl muss mit genügend Shampoo ausgewaschen werden, sonst bleiben die Haare fettig.

Haarkur Delilah

(1 Anwendung)
1 Ei
1 EL Weizenkeimöl

Das Ei und mit dem Öl schaumig rühren. 5 Minuten in die Kopfhaut einmassieren und ein Handtuch um den Kopf wickeln. Nach 15–20 Minuten gründlich auswaschen. Diese Anwendung können Sie einmal in der Woche durchführen.

Männer- und Frauenleiden

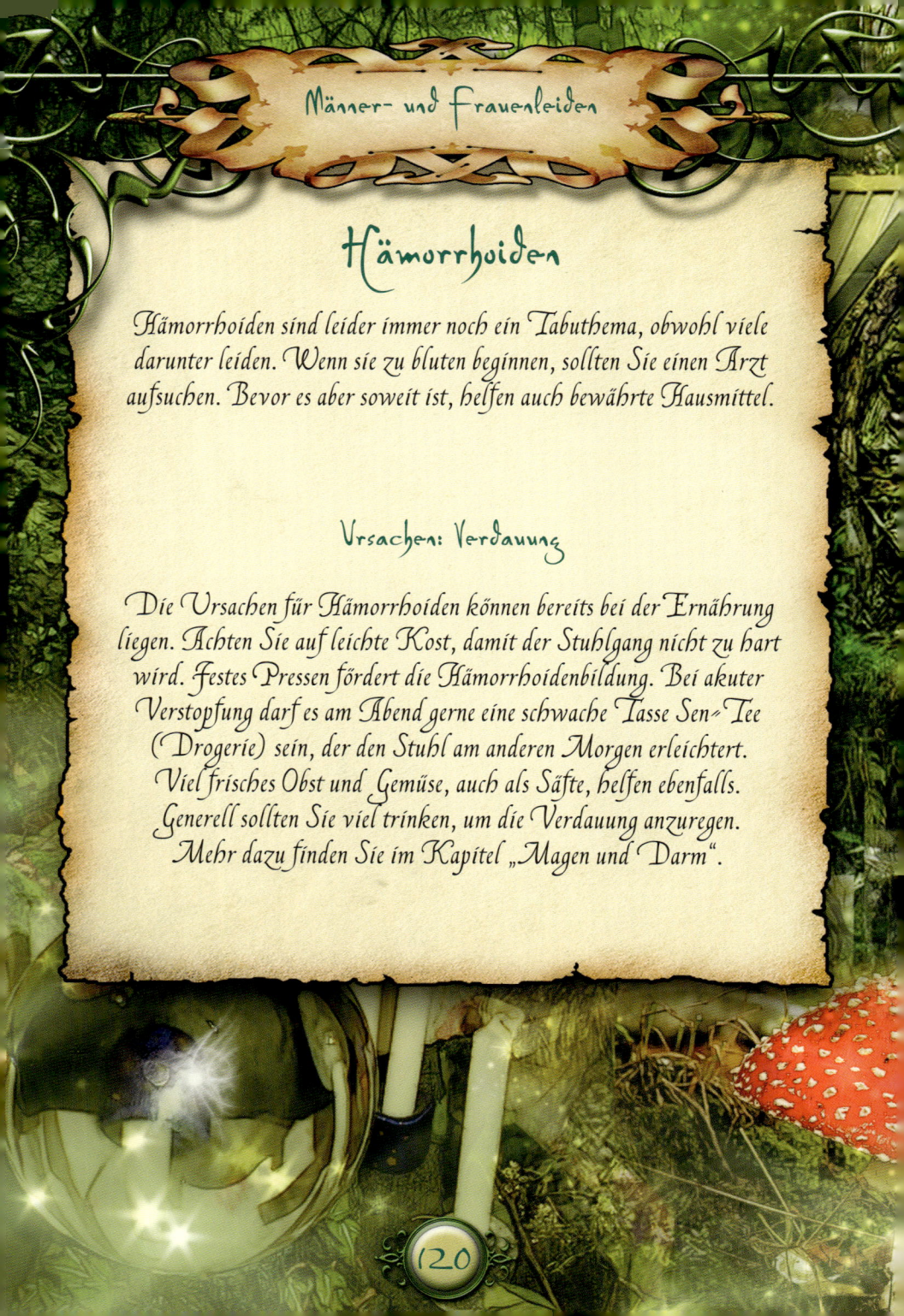

Hämorrhoiden

Hämorrhoiden sind leider immer noch ein Tabuthema, obwohl viele darunter leiden. Wenn sie zu bluten beginnen, sollten Sie einen Arzt aufsuchen. Bevor es aber soweit ist, helfen auch bewährte Hausmittel.

Ursachen: Verdauung

Die Ursachen für Hämorrhoiden können bereits bei der Ernährung liegen. Achten Sie auf leichte Kost, damit der Stuhlgang nicht zu hart wird. Festes Pressen fördert die Hämorrhoidenbildung. Bei akuter Verstopfung darf es am Abend gerne eine schwache Tasse Sen-Tee (Drogerie) sein, der den Stuhl am anderen Morgen erleichtert. Viel frisches Obst und Gemüse, auch als Säfte, helfen ebenfalls. Generell sollten Sie viel trinken, um die Verdauung anzuregen. Mehr dazu finden Sie im Kapitel „Magen und Darm".

Sitzbäder

Für Sitzbäder eignet sich die Dusch- oder Badewanne, gefüllt mit 2-3 cm Wasser und einer der folgenden Anwendungen:

Sitzbad Titania

7 Tropfen Eichenrindenextrakt (Apotheke)
3 EL Quark.

Setzen Sie sich in die 2-3 cm hoch mit warmem Wasser gefüllte Wanne. Rühren Sie das Eichenrindenextrakt unter und bleiben Sie mindestens 15-20 Minuten sitzen. Danach abtrocknen. In einer Damenkompresse den Quark gut verteilt in die Unterhose einlegen und 10 Minuten darauf sitzen bleiben. Nach dieser Anwendung waschen oder duschen und abtrocknen.

Männer- und Frauenleiden

Sitzbad Lilith

2 EL Ringelblumensalbe
2 EL Honig

Rühren Sie die Ringelblumensalbe und den Honig mit 3 Esslöffeln warmem Wasser in einer kleinen Schüssel zu einem flüssigen Brei. Diesen geben Sie ins Sitzbad und bleiben darin 15–20 Minuten. Abwaschen und gut abtrocknen. Auch hier können Sie die Quarkkompresse danach zusätzlich anwenden.

Sitzbad Florinda

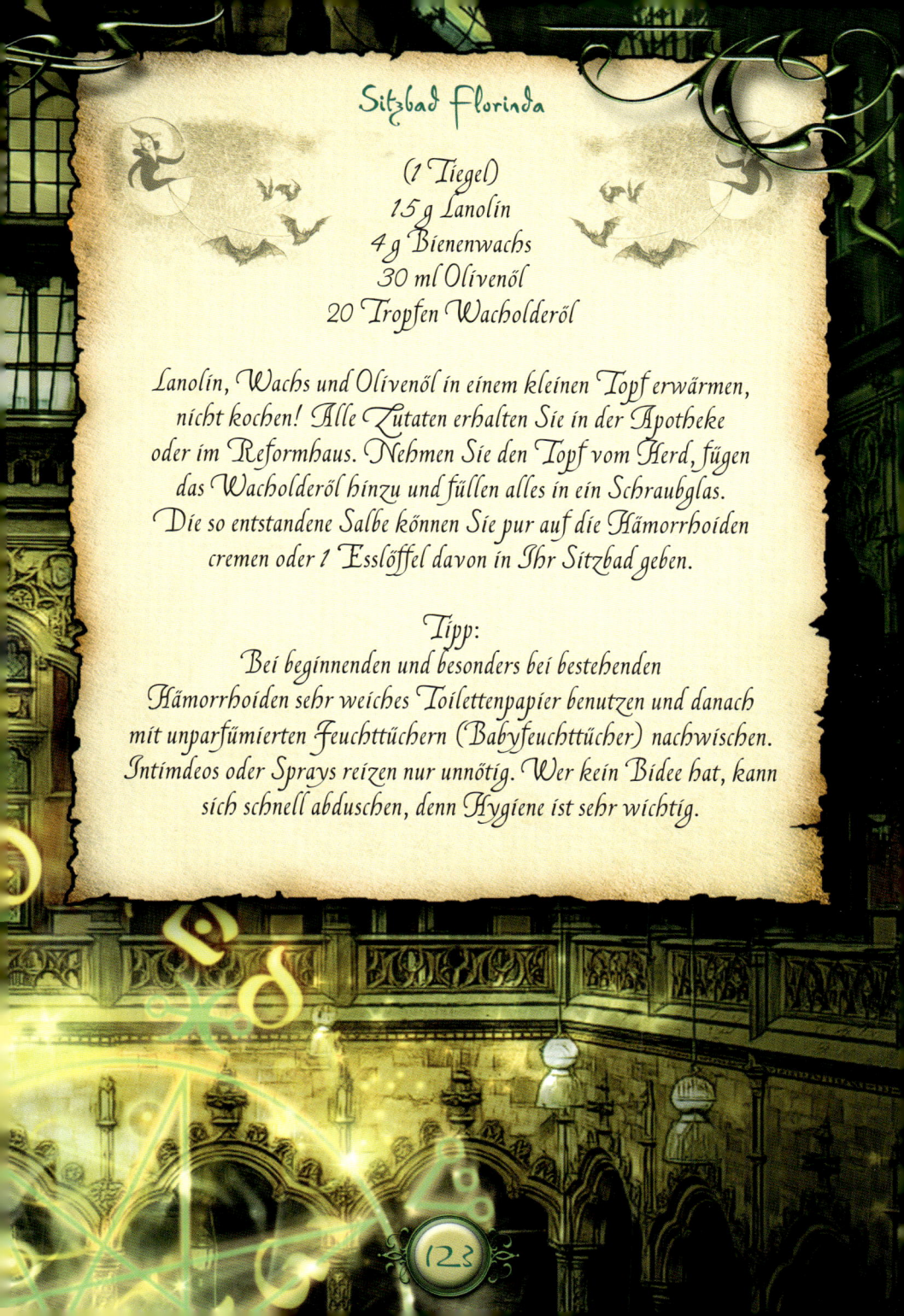

(1 Tiegel)
15 g Lanolin
4 g Bienenwachs
30 ml Olivenöl
20 Tropfen Wacholderöl

Lanolin, Wachs und Olivenöl in einem kleinen Topf erwärmen, nicht kochen! Alle Zutaten erhalten Sie in der Apotheke oder im Reformhaus. Nehmen Sie den Topf vom Herd, fügen das Wacholderöl hinzu und füllen alles in ein Schraubglas. Die so entstandene Salbe können Sie pur auf die Hämorrhoiden cremen oder 1 Esslöffel davon in Ihr Sitzbad geben.

Tipp:
Bei beginnenden und besonders bei bestehenden Hämorrhoiden sehr weiches Toilettenpapier benutzen und danach mit unparfümierten Feuchttüchern (Babyfeuchttücher) nachwischen. Intimdeos oder Sprays reizen nur unnötig. Wer kein Bidee hat, kann sich schnell abduschen, denn Hygiene ist sehr wichtig.

Männer- und Frauenleiden

Wechseljahre des Mannes

Wechseljahrbeschwerden beim Mann werden häufig nicht als solche erkannt. „Stress" oder „Burnout" als Ursachen klingen einfach besser. Klarheit hierüber verschafft ein Test des Hormonspiegels beim Arzt. Der Hormonabbau beginnt meist um den 50. Geburtstag. In diesem Zeitraum verlangt der Alltag Männern besonders viel ab. Dies führt leider dazu, dass viele Symptome nur einzeln und nicht als Ganzes betrachtet werden. Nach einem Hormontest ergeben sie neuen Sinn: als Wechseljahrleiden des Mannes.

- Depressionen
- Haarausfall
- Herzbeschwerden wie Herzrasen
- innere Unruhe
- Kopf- und Rückenschmerzen
- Nachlassen der Muskel- und Körperkraft
- Potenzprobleme
- Reizbarkeit
- schnelle Erschöpfung
- übermäßige Sorge
- vermindertes sexuelles Verlangen

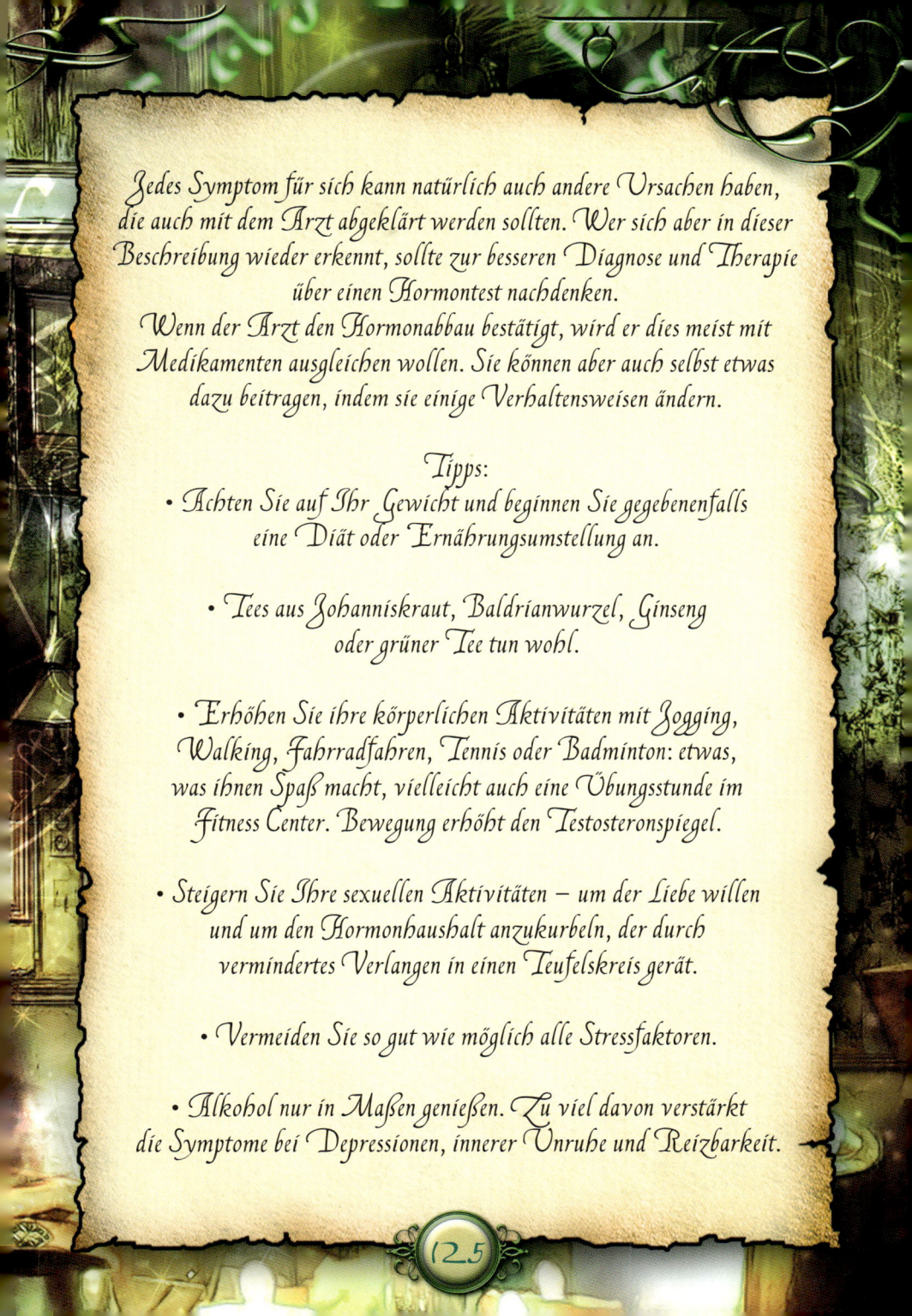

Jedes Symptom für sich kann natürlich auch andere Ursachen haben, die auch mit dem Arzt abgeklärt werden sollten. Wer sich aber in dieser Beschreibung wieder erkennt, sollte zur besseren Diagnose und Therapie über einen Hormontest nachdenken.

Wenn der Arzt den Hormonabbau bestätigt, wird er dies meist mit Medikamenten ausgleichen wollen. Sie können aber auch selbst etwas dazu beitragen, indem sie einige Verhaltensweisen ändern.

Tipps:

- Achten Sie auf Ihr Gewicht und beginnen Sie gegebenenfalls eine Diät oder Ernährungsumstellung an.

- Tees aus Johanniskraut, Baldrianwurzel, Ginseng oder grüner Tee tun wohl.

- Erhöhen Sie ihre körperlichen Aktivitäten mit Jogging, Walking, Fahrradfahren, Tennis oder Badminton: etwas, was ihnen Spaß macht, vielleicht auch eine Übungsstunde im Fitness Center. Bewegung erhöht den Testosteronspiegel.

- Steigern Sie Ihre sexuellen Aktivitäten – um der Liebe willen und um den Hormonhaushalt anzukurbeln, der durch vermindertes Verlangen in einen Teufelskreis gerät.

- Vermeiden Sie so gut wie möglich alle Stressfaktoren.

- Alkohol nur in Maßen genießen. Zu viel davon verstärkt die Symptome bei Depressionen, innerer Unruhe und Reizbarkeit.

Männer- und Frauenleiden

Prostata

Die Prostata ist eine kastaniengroße Drüse unterhalb der Blase. Durch Anschwellen übt sie Druck auf die Blase aus, was zu Problemen beim Wasserlassen führen kann. Wenn allerdings der Harnstrahl immer weniger wird, kann dies bedeuten, dass die Prostata vergrößert ist, ein Fall für den Urologen. Leider sind Männer zu zurückhaltend mit Terminen beim Urologen. Dabei ist ein sehr hoher Prozentsatz an Prostatavergrößerungen harmlos und leicht behandelbar. Um die Prostata zu stärken, können Sie aber auch selbst etwas beitragen.

Beckenboden-Muskelübung

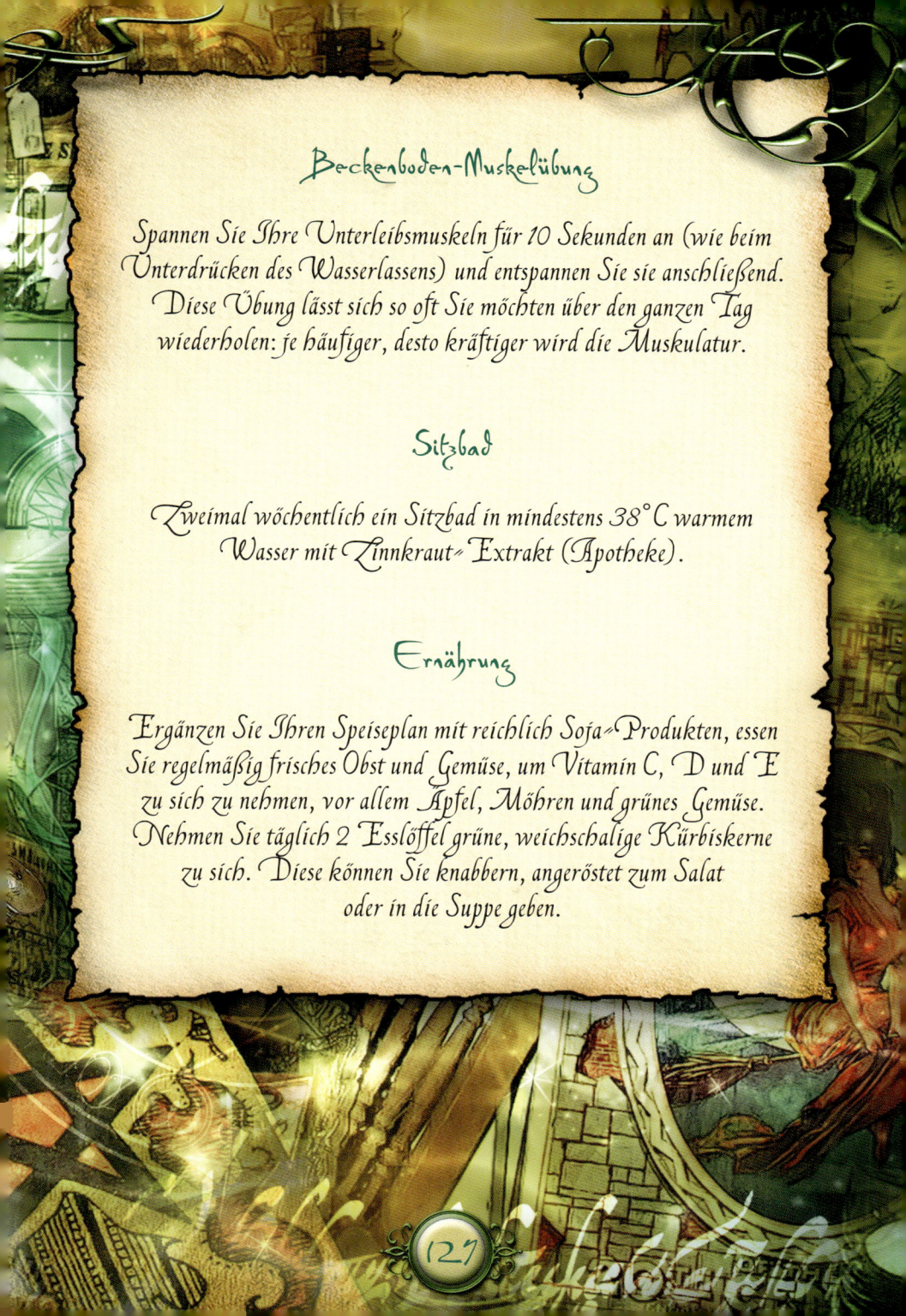

Spannen Sie Ihre Unterleibsmuskeln für 10 Sekunden an (wie beim Unterdrücken des Wasserlassens) und entspannen Sie sie anschließend. Diese Übung lässt sich so oft Sie möchten über den ganzen Tag wiederholen: je häufiger, desto kräftiger wird die Muskulatur.

Sitzbad

Zweimal wöchentlich ein Sitzbad in mindestens 38°C warmem Wasser mit Zinnkraut-Extrakt (Apotheke).

Ernährung

Ergänzen Sie Ihren Speiseplan mit reichlich Soja-Produkten, essen Sie regelmäßig frisches Obst und Gemüse, um Vitamin C, D und E zu sich zu nehmen, vor allem Äpfel, Möhren und grünes Gemüse. Nehmen Sie täglich 2 Esslöffel grüne, weichschalige Kürbiskerne zu sich. Diese können Sie knabbern, angeröstet zum Salat oder in die Suppe geben.

Männer- und Frauenleiden

Kürbiskernsuppe Jihangir

(4 Portionen)
300 g Kürbisfleisch (Kürbis von ½ kg)
1 große Kartoffel
1 Zwiebel
2 Möhren
2 EL Kürbis- oder Olivenöl
2 Brühwürfel
2 Petersilienstängel
200 g Sauerrahm
je 1 Prise Salz, Pfeffer, Muskat
2 EL Rapsöl
30 geschälte Kürbiskerne

Kürbis, Kartoffel, Zwiebel und Möhren schälen, würfeln und im Öl in einem großen Topf leicht anschwitzen (nicht ganz anbraten). Mit 400 ml Wasser löschen. Die Brühwürfel dazu geben und bei mittlerer Hitze 20 Minuten köcheln. Schalten Sie den Herd aus und verfeinern Sie die Suppe, indem Sie die geputzte, gewaschene Petersilie, Rahm, Gewürze und Öl hinzufügen.
Die Kürbiskerne kurz in einer Pfanne anrösten darüber streuen.

Wechseljahre der Frau

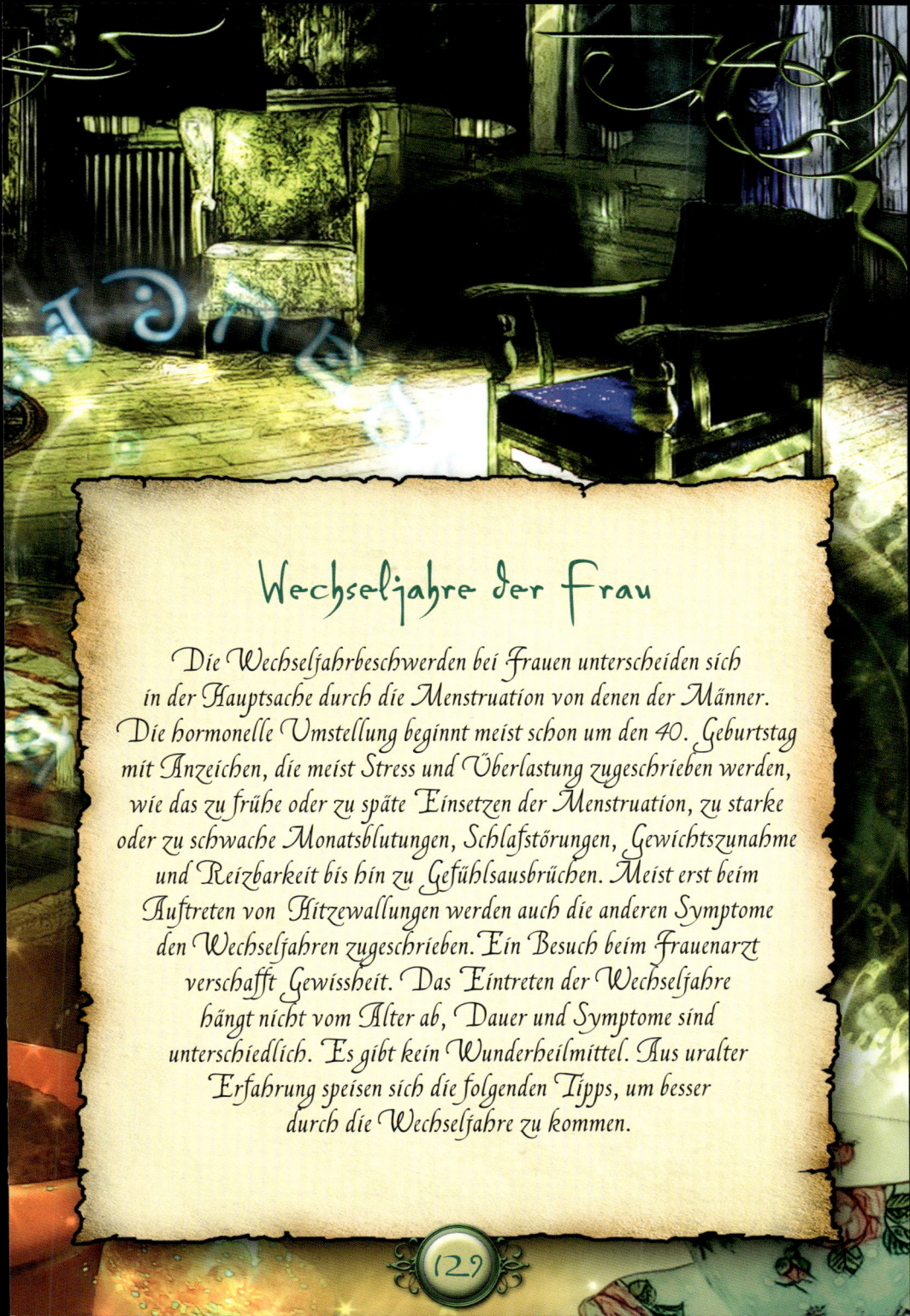

Die Wechseljahrbeschwerden bei Frauen unterscheiden sich in der Hauptsache durch die Menstruation von denen der Männer. Die hormonelle Umstellung beginnt meist schon um den 40. Geburtstag mit Anzeichen, die meist Stress und Überlastung zugeschrieben werden, wie das zu frühe oder zu späte Einsetzen der Menstruation, zu starke oder zu schwache Monatsblutungen, Schlafstörungen, Gewichtszunahme und Reizbarkeit bis hin zu Gefühlsausbrüchen. Meist erst beim Auftreten von Hitzewallungen werden auch die anderen Symptome den Wechseljahren zugeschrieben. Ein Besuch beim Frauenarzt verschafft Gewissheit. Das Eintreten der Wechseljahre hängt nicht vom Alter ab, Dauer und Symptome sind unterschiedlich. Es gibt kein Wunderheilmittel. Aus uralter Erfahrung speisen sich die folgenden Tipps, um besser durch die Wechseljahre zu kommen.

Männer- und Frauenleiden

Tees
aus folgenden Kräutlein versprechen Linderung:

- Bachblüten
- Ingwer
- Kamille
- Majoran
- Oregano
- Petersilie

Die frischen Kräuter ungesüßt aufbrühen und 3-4 Tassen am Tag davon zu sich nehmen.

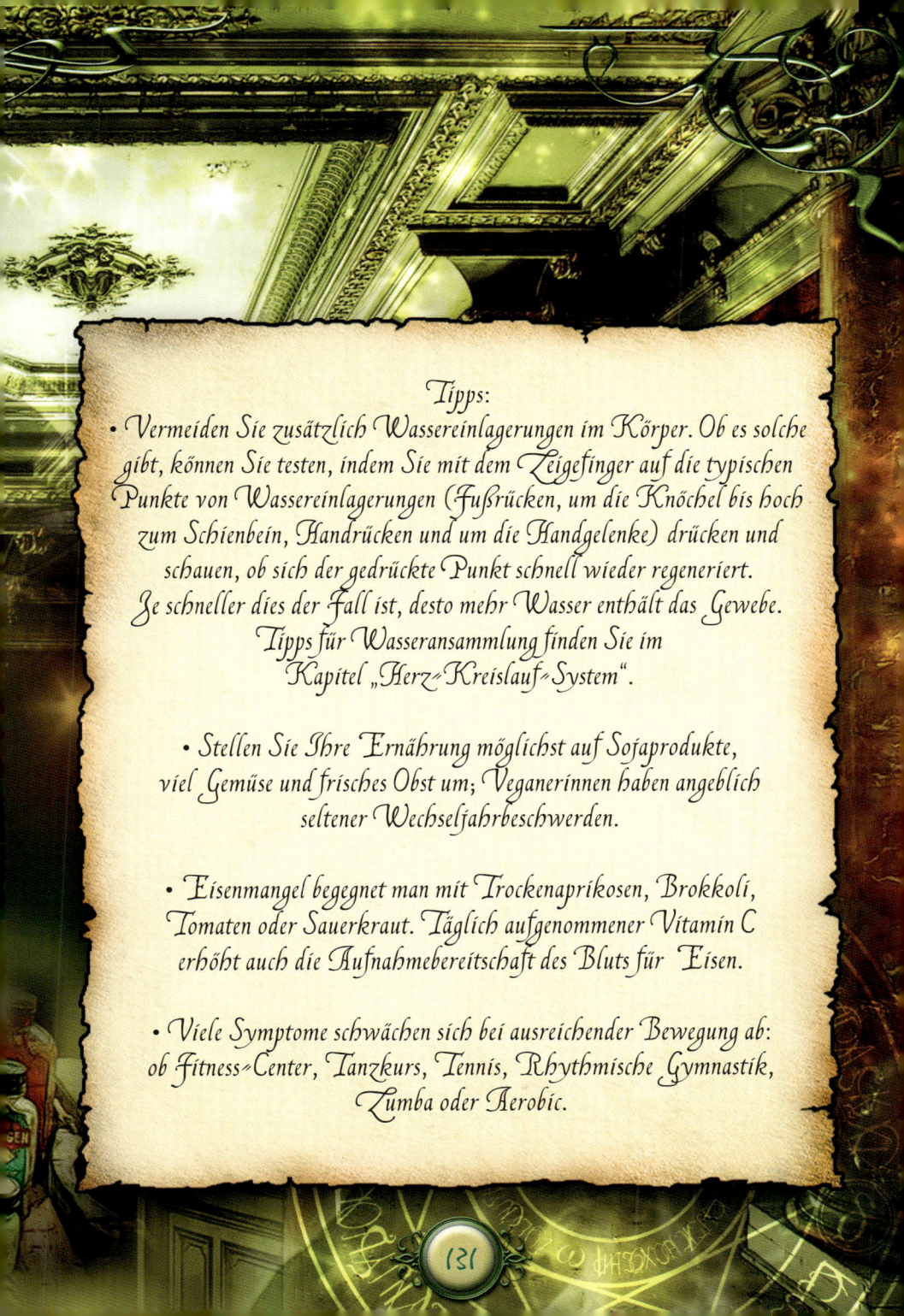

Tipps:
- Vermeiden Sie zusätzlich Wassereinlagerungen im Körper. Ob es solche gibt, können Sie testen, indem Sie mit dem Zeigefinger auf die typischen Punkte von Wassereinlagerungen (Fußrücken, um die Knöchel bis hoch zum Schienbein, Handrücken und um die Handgelenke) drücken und schauen, ob sich der gedrückte Punkt schnell wieder regeneriert. Je schneller dies der Fall ist, desto mehr Wasser enthält das Gewebe. Tipps für Wasseransammlung finden Sie im Kapitel „Herz-Kreislauf-System".

- Stellen Sie Ihre Ernährung möglichst auf Sojaprodukte, viel Gemüse und frisches Obst um; Veganerinnen haben angeblich seltener Wechseljahrbeschwerden.

- Eisenmangel begegnet man mit Trockenaprikosen, Brokkoli, Tomaten oder Sauerkraut. Täglich aufgenommener Vitamin C erhöht auch die Aufnahmebereitschaft des Bluts für Eisen.

- Viele Symptome schwächen sich bei ausreichender Bewegung ab: ob Fitness-Center, Tanzkurs, Tennis, Rhythmische Gymnastik, Zumba oder Aerobic.

Männer- und Frauenleiden

Schwangerschaft, Geburt und Stillzeit

Intimbereich

Gegen Schmerzen im Intimbereich durch die Überdehnung bei der Geburt hilft folgendes: Nehmen Sie eine Damenbinde und geben Sie in Streifenform etwas Olivenöl darauf. Legen Sie die Binde für 15–20 Minuten in den Gefrierschrank. Bei heftigen Schmerzen können Sie sich alle 2–3 Stunden durch Einlegen der Damenbinde in den Slip Linderung verschaffen.

Dammschnitt oder -riss

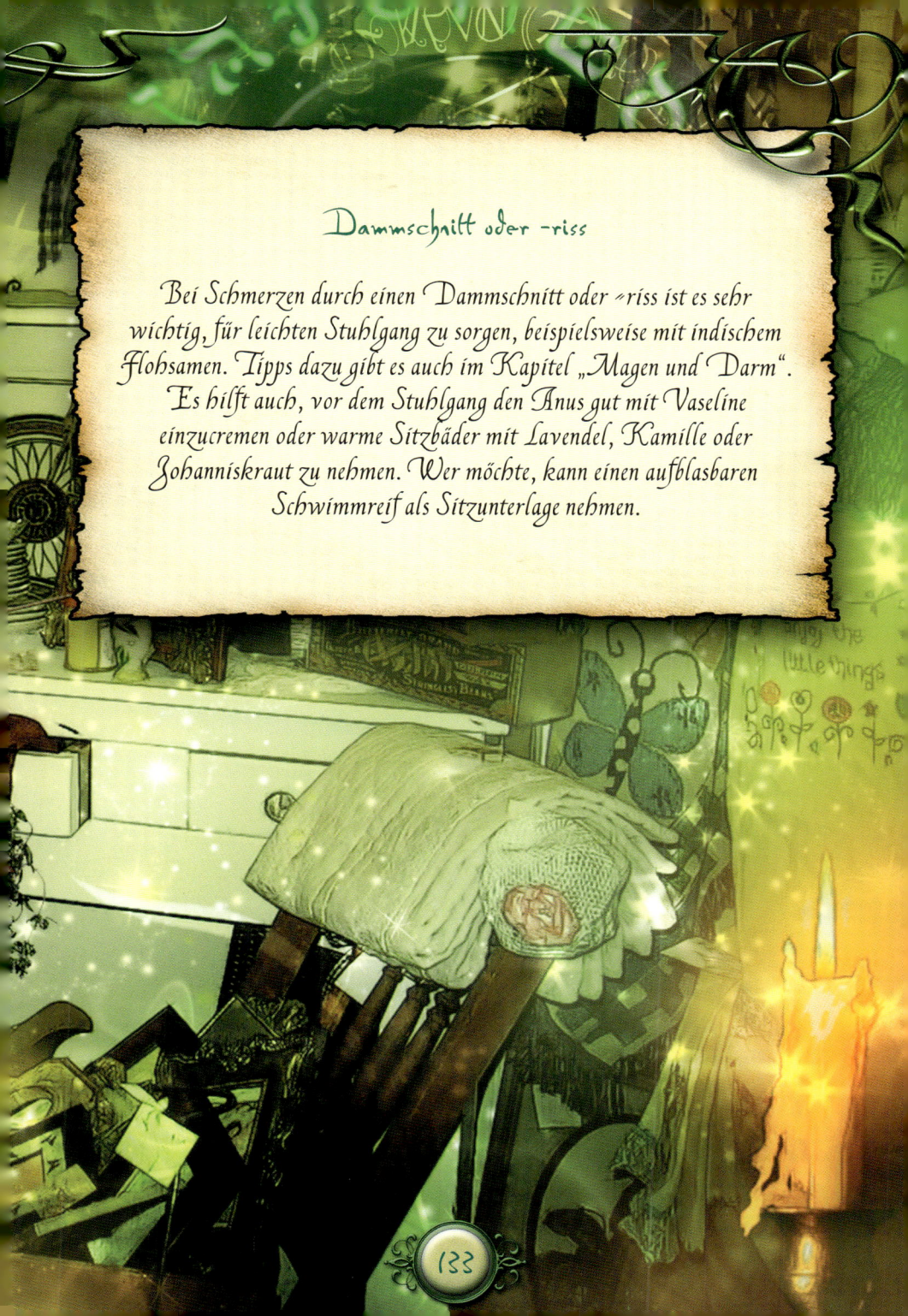

Bei Schmerzen durch einen Dammschnitt oder -riss ist es sehr wichtig, für leichten Stuhlgang zu sorgen, beispielsweise mit indischem Flohsamen. Tipps dazu gibt es auch im Kapitel „Magen und Darm". Es hilft auch, vor dem Stuhlgang den Anus gut mit Vaseline einzucremen oder warme Sitzbäder mit Lavendel, Kamille oder Johanniskraut zu nehmen. Wer möchte, kann einen aufblasbaren Schwimmreif als Sitzunterlage nehmen.

Männer- und Frauenleiden

Brustwarzen

Bei Entzündung und Schmerzen der Brustwarzen während der Stillzeit nützt das Trocknenlassen oder Abreiben der Brustwarzen wenig, solange das Neuanlegen des Babys die Entzündung jedes Mal wieder neu reizt. Besser ist, nach dem Stillen ein Wattepad mit etwas Lanolinsalbe aus der Apotheke zu bestreichen und als Einlage im BH zu tragen, damit die empfindliche Haut nicht austrocknet.

Vorsicht: Die in die Haut eingezogene Salbe wird vom Baby auch aufgenommen. Wenn Sie nicht mehr stillen, ist Johanniskrautöl zur Heilung bestens geeignet.

Schwangerschaftsstreifen

Gegen Schwangerschaftsstreifen kann man schon während der Schwangerschaft etwas tun, um die Haut auf die Dehnung des Bauchs vorzubereiten. Am besten beginnen Sie schon im frühen Stadium der Schwangerschaft nach dem Duschen oder Baden, sich großräumig am Bauch regelmäßig mit Jojoba-, Mandel-, Johanniskraut- oder Weizenkeimöl für Schwangere einzureiben. Auch Oberschenkel und Intimbereich können Sie schon früh mit Ölen und Salben pflegen. Auch hier wird das Gewebe gedehnt und belastet und benötigt Unterstützung, damit keine Streifen (Geweberisse) entstehen.

Aegroti salus suprema lex.

Impressum

© OTUS Verlag A.G, Bergstrasse 2, CH-8712 Stäfa, 2015, www.otus.ch
Viele weitere Informationen findest du auf unserer Facebook-Fanpage: www.facebook.com/otusverlag

Alle Rechte vorbehalten, auch die des auszugsweisen Nachdrucks,
des öffentlichen Vortrags und der Übertragung in Rundfunk und Fernsehen.

Konzeption und Illustrationen: Eckhard Freytag
Text: Sandra Graf
Layout und Satz: Bärbel Bach

ISBN: 978-3-03793-490-6

ARUNDEL TINTED SPECTACLES

TRADE MARK

T. A. WILLSON & C?

Manufacturing Opticians